愛執婚

～内気な令嬢は身代わりの夫に恋をする～

プロローグ

「拓海《たくみ》！」

空港の出発ロビーに声が響く。行き交う人々は一瞬、足を止めて声の方をちらりと見る。しかしすぐ興味を失ったように名々《おのおの》の方向へと歩き出す。

そんな中ただ一人、そこに留まる人がいた。

「……美琴《みこと》？」

遠く離れているから声は聞こえない。しかし柊《ひいらぎ》美琴には、彼の唇が自分を呼んだことが分かった。

どんなに沢山の人がいても、彼が――九条《くじょう》拓海が人込みに紛《まぎ》れることはない。

拓海は、そこにいるだけで視線を集める。

美琴よりも頭一つ分以上高い身長。一見すらりとしているけれど、実際はとても引き締まっている体。後ろへ緩《ゆる》やかになでつけた黒髪に、吸い込まれそうな瞳。すっと通った鼻筋、形の良い唇。

全てが完璧な比率で配置されている、奇跡のように美しい男。

子供の頃から一緒にいた、四歳年上の幼馴染《おさななじみ》。

「どうしてこんなところに……今日は卒業式だろ？」

拓海は、制服姿の美琴を戸惑ったように見下ろす。彼の言う通り、今日は美琴の高校の卒業式だった。とはいえ小学校から大学までエスカレーター式の学校だから、メンバーはほとんど変わらない。特に感慨深くなることもなく、粛々《しゅくしゅく》と式を終えていつも通り帰宅した。しかし——

「お祖父様から、拓海が留学するって聞いたの。……今日の便でアメリカに発《た》つって」

祖父から拓海の留学を聞かされた瞬間、美琴は鞄を投げ捨て家を飛び出した。祖父の制止する声が後ろから聞こえたけれど、構わず送迎の車に飛び乗り、運転手に空港に向かうように頼んだ。

ここに来るまでのことは、ほとんど覚えていない。それほど夢中だったのだ。

空港で彼の後ろ姿を見つけた瞬間、美琴は心底安堵した。しかし振り返った彼の右手にスーツケースを見つけてしまった今、その安堵感は消え去った。

目の前の光景は、彼がこれから旅立つことを告げている。

「留学なんて、嘘だよね。旅行に行くだけだよね？」

それでも信じたくない美琴は縋《すが》るように聞いた。しかし彼は、美琴が抱いた微《かす》かな希望を簡単に砕く。

「重蔵《じゅうぞう》様に聞いた通りだ。向こうの大学院で経営学を学ぶんだ」

「そんな……私、聞いてないよ……？」

何度も首を振る様《さま》は、まるで駄々をこねる子供のようだ。

普段の美琴なら、拓海の前でこんな醜態をさらすことは絶対になかっただろう。

美琴はずっと、大人になりたいと思っていたから。

四歳の年の差は大きい。拓海はいつだって美琴より大人で、落ち着いていて、隣に立った時の自分の子供っぽさが嫌でたまらなかった。だからこそ早く大人になりたいと思っていたのだ。

そして今日、美琴は高校を卒業した。これで少しは拓海に近づけた……そう思っていた直後に知ったまさかの留学に、「いやだ」と頭が、心が叫ぶ。

「こんなに大切なこと、どうして話してくれなかったの？」

「聞かれてないからな。それに俺たちは赤の他人だ、別に話す必要はないだろ」

切り捨てる言い方に愕然とする。他人を見るような冷たい目を向けられるのは初めてだ。

「そんなことより、結婚する時期が正式に決まったって兄貴に聞いた。……四年後、お前が大学を卒業したらすぐに籍を入れるんだ、って」

結婚。

「それ、は――」

その言葉に美琴の全身から血の気が引いていく。

（答えなきゃ）

頭では分かっているのに声が、言葉が出てこない。

拓海が話した通り、美琴は四年後に祖父の決めた婚約者と結婚する。そしてその相手は拓海ではない。血の繋《つな》がった彼の兄、九条貴文《くじょうたかふみ》だ。しかし拓海にとっては、美琴の結婚など他人事にすぎないようだ。

（他人……？）

この時、美琴にある考えが過《よぎ》った。

美琴にとって拓海は唯一無二の大好きな人だ。

（じゃあ、拓海にとっての私は？）

彼にとって美琴は、兄の婚約者——他人にすぎないのか。

美琴が一方的に特別だと思っているだけで、拓海にとってはそれ以上でもそれ以下でもない。

だから留学のことも話さなかった……その必要がなかったからだ。

心臓が嫌な音を立てた。反射的に目頭が熱くなる。

（泣いちゃだめ。泣いている場合じゃない）

緩《ゆる》みそうになる涙腺をなんとか堪《こら》えて、唇をきゅっと噛む。

「美琴」

拓海の口から次に続くだろう言葉を想像して、美琴は咄嗟《とっさ》に願った。

（お願い、言わないで）

どうか、それだけは。

「おめでとう」

拓海から聞きたくなかった、その言葉。

（「ありがとう」って、返さなきゃ）

なのに、喉の奥が張り付いて言葉が出ない。

好きな人に他の男性との結婚を祝われることが、こんなにも辛いなんて。

拓海は、美琴が自分を好きだなんて考えたこともないだろう。

彼が自分を女性として見ていないことは、初めから分かっていた。

彼は、美琴が拓海の兄の婚約者だから構ってくれていただけだ。それ以上の理由はない。可能性がゼロだからこそ、ひっそりと心の中で想うだけで良かった。

(……そう、思っていたのに)

想うだけでいいなんて、嘘だった。だって、「おめでとう」の一言で、こんなにも胸が痛くなる。

「兄貴なら必ずお前を幸せにしてくれる。……あの人は、本当に優しい人だから。俺を本当の弟のように扱ってくれた唯一の人だ」

凍りつく美琴に、拓海は淡々と告げる。

「何を言ってるの？　拓海と貴文さんは血の繋《つな》がった本当の兄弟じゃない」

「半分だけ、な。兄貴は正妻の子だけど、俺は愛人の子だ」

今にも儚《はかな》く溶け消えてしまいそうな微笑に、胸が詰まる。

「もういいか？　そろそろ行かないと乗り遅れる」

これ以上は時間の無駄だとばかりに拓海は背を向ける。美琴はその右手を咄嗟《とっさ》に掴《つか》んだ。

「待って！」

拓海は迷惑そうに眉を寄せる。その表情に心が折れそうになるけれど、手は放さなかった。

今手放したら二度と会えない——そんな気がしたのだ。

「帰ってくるよね。留学が終わったら、日本に戻ってくるよね……？」

懇願にも近い声で聞く美琴に、拓海は言った。

「もう、会わない」

「え……？」

「お前の顔は、二度と見たくない」

衝撃で、声が出ない。

（行かないで）

（好きなの。初めて会った時から、拓海のことが好きだった！）

ずっと秘めていた気持ち。今まさに喉元まで出かかったそれは、ついぞ発せられることはなかった。

美琴にとって拓海と彼の兄の貴文は、家族よりも近い存在だ。少なくとも美琴はそう思っていた。

しかし拓海は留学話を隠していたばかりか、美琴の顔も見たくないという。

（私は、そんなに嫌われていたの……？）

堪《こら》えていた涙が一気に溢《あふ》れ出る。地獄に突き落とされたようだ。

ショックと衝撃で言葉が出ない美琴は、掴《つか》んだ手を力なく離す。

自由になった拓海は今度こそ背中を向けた。

もう追いかけることは、できなかった。

美琴は止めどなく涙を流しながら、小さくなっていく背中を見送った。

I

旧財閥の流れを組む柊グループは金融や商事、重工業などあらゆる業界に展開しており、国内でも三指に入る巨大グループだ。

現在の柊家当主の名は、柊重蔵。

齢《よわい》七十五にして柊家を統べる彼を、人は「財界の化け物」と呼ぶ。

美琴は、彼のたった一人の孫娘だ。

そして旧華族でもある柊家に昔から仕えているのが、九条家である。

時代の流れと共に二つの家の形は変わったけれど、今でも両家はとても近い関係にある。

実際、柊グループ傘下《さんか》のいくつかの企業のトップには九条の名が連《つら》なっている。

九条家の現当主の名は、光臣《みつおみ》。彼には三人の息子がいた。

長男の貴文、次男の拓海、そして二人の兄と一回りも年の離れた、三男の礼《れい》。

この中で美琴の婚約者に選ばれたのは、貴文だった。

礼は美琴と年が離れすぎているし、妾腹《しょうふく》の子である拓海は初めから選択肢になかった。

二人の婚約は、美琴が十三歳、貴文が十八歳の時に決められた。

柊家の孫娘と九条家の長男。年齢差も五歳でつり合いも取れている。

それに貴文は幼い頃から優秀だった。文武両道で全てにおいて優秀な貴文を重蔵は気に入っていた。

貴文が柊家に婿入りしても、九条家は三男の礼が継ぐから問題ない。むしろこの婚約によって、九条はいっそう柊と強い結びつきができると考えたのだ。

誰もが認める名門同士の婚約——その関係に転機が訪れたのは、美琴が大学三年生の二十一歳の時。

拓海と離れてから、三年が経過した頃だった。

◇—＊◆＊—◇

その日は婚約以来恒例となっていた、月に一度の九条家訪問日だった。

いつも通り客室に通され、いつも通りお茶を飲みながら他愛のない話をする。

もう十年近くも同じことを繰り返してきた。昔と違うのは、その場に拓海がいないということだけ。

今日もまた普段通りの数時間を過ごすのだろう。

漠然とそう思っていた美琴は、婚約者の口から発せられた言葉に耳を疑った。

「好きな人ができた。だから君とは結婚できない。……本当にごめん、美琴」

貴文は、秘書の女性が好きなこと、これからの人生を彼女と生きていきたいこと、そして、そのためなら全てを捨てる覚悟があることを、言葉を選びながらも美琴に伝える。

「秘書って……水谷藍子《みずたにあいこ》さんのこと？」

貴文は小さく頷いた。彼女のことは、美琴も知っている。貴文と一緒にいる時に何度か顔を合わせた程度だが、すらりとした長身とショートカットが印象的ないかにも仕事ができそうな女性だった。

でもまさか、二人が仕事以上の関係だったなんて――

「……いつから、彼女のことを？」

「一年前、彼女が僕の秘書になった時から。……今思えば、一目惚れだったのかもしれない」

若くして柊グループの傘下《さんか》である柊商事の専務を務める貴文は、昔から女性たちの憧《あこが》れの的だった。

名だたる企業の社長令嬢やモデル、果ては自社の受付嬢。

彼女たちはいずれもずば抜けた美人で、自信に満ち溢《あふ》れた女性たちだった。しかし貴文には美琴という婚約者がいたし、何より過度に「女」をアピールする彼女らになびくことはなかった。

「でも、藍子はそれまで知り合ったどんな女性とも違ったんだ」

凛《りん》と伸びた背筋に化粧っ気のない、しかし端整な顔立ち。

まっすぐに貴文を見つめる瞳には邪《よこしま》なものなんてまるでない。幼い頃に両親を失った彼女は、バイト代と奨学金で大学に進学。更には自力で柊商事に入社し、今日まで仕事一筋で生きてきたという。

もちろん貴文に言い寄ることはなく、全く男として興味を持たれていない。それがなぜか無性に悔しくて、鉄仮面のような顔を笑わせたくて……気づけば毎日藍子のことを考えている。そして自惚《うぬぼ》れでなければ、藍子もまた同じ気持ちでいてくれると思うのだ、と。

「……まだ、彼女には貴文さんの気持ちを伝えていないの？」

「まずは美琴に全てを話してからだと思ったから、君以外の誰にも言ってない。道に外れたことをしている分、せめて筋だけは通さないと……と思ったんだ。勝手なことを言って本当に申し訳ないと思ってる。でも……美琴、お願いだ。僕との婚約を、解消してほしい」

深々と頭を垂れる姿は、断罪を待つ咎人《とがびと》のようだ。

この場合、突然婚約破棄を申し渡された婚約者として正しい対応はなんだろう。

絶対に嫌だと涙ながらに訴える、許さないとお茶をひっかける……しかし美琴が選んだのは、そのどれでもなかった。

「貴文さん、頭を上げて」

ゆっくりと顔を上げた彼に、美琴は静かに問う。

「婚約破棄をした後はどうするつもりなの？　私一人が頷いても、周りはきっとそうじゃない」

「そうだね。多分、誰一人として許してはくれないと思う。でも僕は何を失ってでも、彼女が欲しいんだ」

勘当されても構わない。そのためなら駆け落ちする覚悟もあるのだと、貴文は言った。

「……そんなに上手くいくかしら」

美琴の言葉に、貴文は眉根を寄せる。

「駆け落ちをするといっても、どこから情報が漏れるか分からない。そうなったら多分、お祖父様はあなたたちを絶対に許さない。藍子さんと別れさせるためなら、どんな手だって使うはず」

「たとえどんなことがあっても、藍子は僕が守るよ。そのためにできる事なら何でもするつもりだ」

その一瞬、貴文の瞳がぎらりと光る。それは、温和な彼が見せる初めての表情だった。美琴は威圧されつつ、なおも聞く。

「九条でなくなったあなたに藍子さんが守れるの？　もし婚約破棄をしたら、あなたが相手にするのは私のお祖父様——柊重蔵よ」

美琴の指摘に貴文は言葉に詰まる。その表情は痛いところを突かれた、と言わんばかりだ。

「それは……」

「貴文さんがとても優秀なのは私も知ってます。それでも難しいこともあると思うの」

だから、と美琴は言いきった。

「——私も、協力します」

目を見張る貴文に、美琴は続ける。

「私にできることなんて、あなたと藍子さんの関係を黙っていることくらいだと思うけど……少なくとも、私からお祖父様に何かを言うことはありません」

貴文の戸惑いが手に取るように分かった。当然だ。他の女性と駆け落ちするのを手助けする婚約者なんて聞いたことがない。困惑する貴文を前に美琴はふっと表情を和《やわ》らげる。

「私のことを疑ってる？　協力者のふりをして裏でお祖父様と繋《つな》がってるんじゃないか、って」

「それはない！　美琴を疑ったことなんてないよ。でも、さすがにどう反応したらいいのか分からない。だって、協力するって……どうして？」

怒りをぶつけられるならまだしも、協力を申し出るなんて思いもしなかったに違いない。それでも……

(私には、協力する理由がある)

ふと美琴の頭に浮かんだのは、三年前に別れた大好きな人だった。

「もしも好きな人がいて、相手も自分を想ってくれるのなら……その手は絶対、離しちゃだめだと思うから」

美琴は最後まで拓海に好きだと言えなかった。

それまでだって、「拓海が自分を好きになることはない」と思い、気持ちを伝えることはしなかったのだ。

(それだけじゃない)

貴文は誰もが認める完璧な青年だ。容姿、人柄、生まれ。非の打ちどころがない貴文に周囲は期待を寄せる。その筆頭が、彼の母親である九条倫子《くじょうりんこ》だ。

倫子は、貴文が愛人の子に負けないように、常に貴文が完璧であることを望んだ。そして貴文もまた、その期待に必死に応《こた》えてきたのだ。しかし彼が人知れず思い悩んでいたことを美琴は知っている。

九条家に生まれた重責。母を始めとした周囲からの過度な期待。それらを一身に受け止めてきた貴文が初めて自《みずか》ら望んだのが、一人の女性だというのならば……美琴は、それを応援したい。

「美琴……君も、好きな人がいるの？」

貴文の問いに、美琴は頷いた。

「僕の知っている人？」

「……ごめんなさい。それは、聞かないで」

「君は、その人と――」

「何もないわ。ただ私が一方的に好きだっただけ。だから、貴文さんは私に謝る必要なんてないの」

貴文が藍子と出会わなければ、美琴は拓海のことを黙ったまま結婚していただろう。

そんな自分が、貴文の謝罪を受ける資格なんてないのだ。

「貴文さん。あなたと藍子さんが一緒にいるために、私にも協力させて？　これはあなたたちのためじゃなく、私のためでもあるの」

「君のため？」

「私はもうその人には会えないけど……気持ちを伝えなかったことを、今でも後悔してる」

拓海が日本を発《た》ってから、何度も考えた。

もしも美琴が「好き」と伝えていたら、結果は今と違っていただろうか、と。

何も変わらないのかもしれない。しかし胸の奥にしこりのようにある「伝えなかった」という後悔はなかっただろう。

「私は黙って諦めてしまったけど、貴文さんは違うでしょ？　あなたは行動に移そうとしている。なら、上手くいってほしい。だって私は、貴文さんのことが好きなんだもの」

息を呑む貴文に、美琴は微笑む。

それは拓海に対する恋心とは違う、幼馴染《おさななじみ》としての親愛だ。それでも美琴は確かに貴文が好きだった。時に兄のように、時に友人のように。

だからこそ、彼には幸せになってほしい。

好きな人と、一緒に。

「ありがとう、美琴。……協力、してくれるかな？」

美琴はしっかりと頷いた。

「喜んで、貴文さん」


そして、一年後。

二十二歳になった美琴は、四年前に拓海を見送った時と同じ空港にいた。

あの日と違うのは、見送る相手が拓海の兄・貴文であることだ。

婚約破棄の申し出から一年。美琴は二人の駆け落ちのために微力ながらも協力してきた。

協力といっても、貴文と藍子が一緒にいるための口実になったり、場所を提供したり……とささやかなことばかりだったが、それも今日までのこと。

これから、貴文と藍子は駆け落ちをする。

表向きは、海外出張に向かう社長と秘書、そしてそれを見送る婚約者だ。しかし貴文が予定通り帰国することはない。

彼と藍子は、今後の人生の拠点を海外に選んだ。

国内での柊グループの影響力は侮《あなど》れない。それは海外でも同じことだが、国内に比べれば格段に見つかる可能性は低くなるからだ。それ以上のことは、美琴は知らない。

今日の美琴の役割は、貴文と藍子を見送り「二人は確かに出国した」と証言することだ。

「ありがとう、美琴」

微笑む貴文の隣には、そっと寄り添う一人の女性がいる。はっきりとした顔立ちのショートカットの彼女の名前は、水谷藍子。貴文の秘書で、恋人だ。

「美琴さん、なんて言えばいいのか……ごめんなさい」

「頭を上げて、藍子さん。あなたは謝るようなことは何もしてない。これは全部、私がやりたくてしたことなの」

美琴の言葉に、藍子はゆっくりと顔を上げる。彼女は「ありがとうございます」と囁《ささや》くように言って、今一度深く頭を垂れた。謝罪ではなくお礼のそれを、美琴は今度は笑顔で受け入れる。

傍《かたわ》らの貴文は、頭を上げた藍子の髪の毛を優しく撫でた。藍子はどこか恥ずかしそうに貴文を見返す。見つめ合う二人の姿は、互いを想い合う恋人そのものだ。

「お祖父様については大丈夫。ちゃんとあなたたちは出国したって証言するわ。さあ行って」

美琴が促《うなが》すと、拓海は藍子から手を離して、そっと美琴の両手に自分の手を重ねた。

「美琴。こういう形にはなったけど……僕は、君と出会えて本当に良かったと思ってる。本当の妹のように、君のことを大切に想ってるよ」

「ありがとう、貴文さん。……実は私も、兄がいたらこんな感じかなって、ずっと思ってたの」

美琴はかつての婚約者の手を握り返すと、あえて悪戯《いたずら》っぽく笑いかけた。

もしかしたら、貴文と会うのは今日が最後かもしれない。

そう思うと寂しいけれど、胸の痛みはない。

美琴は確かに彼が好きだった。しかしその好意は親愛であり、貴文もまた同じだっただろう。

幼馴染《おさななじみ》としての情で、愛ではないのは間違いない。

なぜなら美琴は、知っているから。

胸が焼け付くほどの激しい感情を。名前を呼ばれただけで泣きたくなるくらい幸せになることを。

そして美琴がそんな感情を抱いた相手は、後にも先にも一人だけなのだから。

「さようなら、貴文さん、藍子さん。……幸せになってね」

しっかりと頷いた貴文と藍子は、最後に美琴にもう一度礼を言うと歩き始める。

大勢の人が行き交うロビーの中に、手を繋《つな》いだ二人の姿が消えていく。

（拓海）

遠ざかる二人の背中に重なったのは、四年前、涙で見送った拓海の姿だった。

拓海は自身の言葉通り、あの日以来一度も帰国していない。

以前貴文に聞いたところによると、アメリカの大学院でＭＢＡを取得した彼は、その後会社を立ち上げたらしい。しかしその会社が軌道に乗り始めた矢先、突然退社してフォトグラファーに転身したという。

『景色を撮っているらしいよ。世界中あっちこっちを飛び回っているみたいだ。日本じゃまだあまり知られてないけど、たまに個展を開いてるようだし、海外ではそこそこ有名みたいだね』

貴文にそれを聞いた時、美琴は驚いたけれど意外ではなかった。

拓海の趣味が写真であるのは知っていた。何よりも美琴は、彼の撮る写真が好きだったのだ。

もし、いつか再会することがあれば。

あなたのことが好きでした、そう伝えることくらいは許されるだろうか。

若い頃の笑い話として打ち明けてもいいだろうか。

（きっと、迷惑だろうな）

二度と会いたくないとまで言われたのだ。そんな相手に「好きだ」なんて言われても、困惑するだけだろう。それにもしかしたら今頃、恋人がいるかもしれない。

年齢を考えたら結婚していてもおかしくはないのだ。

拓海が、結婚。

今まで何度か想像したことがあるが、そのたびに胸が痛くなって、自分の心が未だ拓海にあるのを実感する。

こんなにも引きずるなら気持ちを伝えれば良かったのに。

可能性がないから、拓海が優しいのは貴文の婚約者だから……と何もしなかったのは、美琴自身。

(私も、好きって言えば良かったのかな)

遠い異国の地にいる人を想う。

彼に嫌われているなんて知らなかった。初めからそうだったのか、何かをきっかけに嫌ったのかも分からない。そしてそれを知る機会は今後もないのだろう。

それでもなお望むのは、ただ一つ。

(……あなたに、会いたい)

Ⅱ

三カ月後の六月初旬。

「みこと先生、次はこれ読んで!」

小さな体で絵本を大切そうに持ってきた子供に、エプロン姿の美琴は「はいはい」と笑顔で答える。

「宗太《そうた》君はこの絵本が本当に好きだねえ。でももうお昼寝の時間だよ?」

これを読んだら眠ろうね、と促《うなが》すと、宗太は「うん」と元気いっぱいにうなずいた。

子供の無邪気な笑顔を見ていると、美琴の方も自然と表情が柔らかくなる。

(この様子だと、まだまだ眠りそうにないなあ)

内心苦笑しながらも、美琴は膝の上に宗太を乗せて、ゆっくりと絵本を読み始めたのだった。

ここは、涼風《すずかぜ》学園。

柊グループ傘下《さんか》の財団法人が運営している、民間の児童養護施設だ。

この四月から、美琴は週に三日ほど契約職員としてここで働いている。

勤務時間は、午前九時から午後三時までの六時間。主な担当は、宗太たちのいる三歳児だ。

本当は正職員としてフルタイムで働きたいのだけれど、とある事情でそれはできなかった。

(……やっと寝た)

結局、宗太は絵本を五冊読んだところで寝落ちした。

眠る宗太を起こさないように横抱きにすると、そっとお昼寝布団へと横たえる。

(可愛いなあ)

絵本を読んでいる途中、眠さを必死に堪《こら》えて目を擦《こす》る姿を思い出すと、つい笑《え》みがこぼれる。

まだまだ幼さの残る寝顔が何とも愛らしい。起きている時はあまりの元気さに疲れてしまうこともしばしばだが、それはそれでまた違った可愛さがある。

涼風学園に入所しているのは、何らかの事情により親と一緒に暮らすことができない子供たちだ。

一方、職員である大人たちの人数はどうしても限られる。全員を我が子のように目を配るのは難しい。それでもできる限り子供たち一人一人に寄り添うように、というのがここで働く上で必要なことだった。美琴にそれを教えてくれたのは、ここの園長である山城百合子《やましろゆりこ》だ。六十代半ばの彼女を子供たちは皆、実の祖母のように慕っていた。

「美琴さん」

子供たちの様子を見つつ散らばっていた玩具《おもちゃ》を片付けていた時だった。部屋の扉が少しだけ開いて、百合子が顔を覗《のぞ》かせた。

「ちょっと来てくれるかしら」

「はい」

ちらりと時計を見るとまだ午後二時。退勤するにはまだ早い。美琴は不思議に思いながらも同僚の職員にそっと声掛けをして、廊下へと出る。

「突然ごめんなさいね。さっき、あなたのご実家から連絡があったの。今から迎えを寄こすから帰る準備をしておくようにって」

急な話に美琴は目を丸くする。しかし今は仕事中。自分だけの都合で帰るわけにはいかない。

「まだ退勤時間まで一時間ありますし、三時に来るように連絡してみますね」

しかし百合子は困惑した表情で首を横に振る。

「残りの時間は代わりの先生にお願いしたから大丈夫よ。今日のところは帰った方がいいわ。その……電話してきたのは、あなたのお祖父様の秘書の方なの。だから……ね？」

含みを持たせた言い方に美琴はハッとする。美琴の祖父、すなわち柊重蔵は涼風学園の経営母体のトップだ。

百合子は園長として、そんな人物の意向を無視するわけにはいかないのだろう。直接涼風学園の運営に携《たずさ》わっていないとはいえ、重蔵なら傘下《さんか》の施設の一つや二つどうにでもできるのだから。

そして重蔵に逆らえないのは、美琴も一緒だった。

「……ご迷惑をおかけしてすみません」

謝罪すると、百合子は「いいのよ」と笑顔で首を振る。

「本音を言えばフルタイムで働いてほしいところだけれど……これればかりは、あなたの立場を考えれば仕方ないものね。美琴さん、あまり気に病《や》まないでね。子供たちはあなたの笑顔が好きなんだから。もちろん、私もね」

百合子は慰《なぐさ》めるように美琴の肩をぽん、と叩く。それに美琴はもう一度頭を下げたのだった。

「……急に迎えに来るなんて、何かあったのかな」

職員用のロッカーで着替えながらも、美琴の胸はざわめいていた。

涼風学園で働き始めてまだ三ヵ月だけれど、こんなことは初めてだ。

ここで美琴が柊家の令嬢であることを知るのは、ごく一部の人間だけ。プライベートはともかく、通勤はもっぱら電車とバスを利用しているから、迎えが来たことなんて一度もない。

柊重蔵の孫であること。

それが、美琴がフルタイムで働けない理由だ。

重蔵は美琴が外で働くことを快《こころよ》く思っていない。

美琴はこの春大学を卒業したばかり。予定では美琴の卒業と同時に貴文が柊に婿入りし、美琴は家庭に入って柊商事の新社長となった貴文を支えることになっていた。

重蔵の計画通りに進んでいれば、六月の今頃は新婚旅行の真っ最中だっただろう。

しかし、それは全て露《つゆ》と消えた。

貴文が駆け落ちしたからだ。

この出来事に重蔵は烈火の如《ごと》く怒り狂った。

自《みずか》らの面子《メンツ》を潰された怒り。目をかけていた者に裏切られた屈辱。重蔵の命を受けた柊の人間が血眼《ちまなこ》になって貴文を捜したけれど、彼の行方は三ヵ月経った今も分からない。

美琴はそのことに安堵する一方、恐ろしくもあった。もしも、美琴が駆け落ちの共犯者だと重蔵に知られたら……その時のことを想像すると、芯から凍《こご》えるような気分になる。

ともあれ、結果として美琴の婚約は破談となった。

重蔵は、美琴が直接経営に携《たずさ》わることを望んでいない。しかしいくら柊商事の令嬢とはいえ、二十三歳で無職なのはどうしても嫌だった。

そこで美琴は、大学で幼児教育学を学んでいた時に得た保育士の資格を活かして働きたいと思ったのだ。

もともと子供好きではあったし、涼風学園は大学時代にボランティアで通っていた場所でもある。

この時の経験を通じて、美琴は様々な事情で親といられない子供たちがいることを知った。

自分にも何かできることはないだろうか。

そう考えた結果が、寄付だった。

これは百合子しか知らないことだが、実は美琴は涼風学園の母体である財団の役員に名を連《つら》ねている。役員と言っても名ばかりで、運営は有能な人間が行っているのだが、柊グループの株を多数所有している美琴は、配当金の大半を寄付に回していた。

なんの取り柄《とりえ》もない自分にできるせめてものことが、それだったのだ。

その繋《つな》がりもあり、百合子は美琴がここで働くことを快《こころよ》く受け入れてくれた。唯一難色を示したのが重蔵だったが、交渉の結果、週に三日働く契約職員になることを認めたのだ。

ここで働いている時は、美琴は素でいられる。

子供たちと向き合っている時だけは、柊グループの令嬢ではなく、ただの美琴でいられるのだ。

「柊さん！」

帰り支度を整えた美琴が駐車場に着いた時だった。一台の軽自動車から男性が降りてくる。

「山本《やまもと》先生、お疲れ様です」

「お疲れ様です。早退するって園長から聞きました。体調、崩しちゃいました？」

「いいえ、家の事情で早退することになって……もしかして代わりの先生って……」

僕ですよ、と山本はあっさりと答える。美琴は「すみません」とすぐに頭を下げた。

「突然でご迷惑をおかけしましたよね」

「お気になさらず。柊さんのお役に立てるなら、これくらいなんてことないです」

意味深な言葉に、美琴は首を傾げる。すると山本は、「しまった」と言わんばかりの表情をした。

「えっと、今のは……なんでもないです、忘れてください」

どこか慌てた様子の山本に、美琴は内心気になりつつも「分かりました」と素直に答える。

「じゃあ、私はこれで。今日は本当にごめんなさい。後で何か埋め合わせをさせてくださいね」

失礼します、と軽く一礼して背を向けようとした時だった。

「あのっ！　……それじゃあ今度、二人で食事でも行きませんか？」

驚いて振り返ると、なぜか顔を赤くする山本と目が合った。

「えっと、その、埋め合わせを――」

「ああ、そういうことでしたら」

喜んで、と答えようとした時だった。黒塗りの高級車が駐車場に入ってきたのを見て、美琴は固まる。

「うわ……高そうな車」

隣の山本が驚いた声を出す。そんな二人の前で、車の窓がゆっくりと下がった。

「――美琴」

中から顔を出したのは柊重蔵。美琴の祖父である。重蔵は山本に一切目をやることなく孫を鋭く睨《にら》む。

「何をしている、早く乗れ」

「……はい」

返事をした美琴は、目を丸くする山本にもう一度礼を言うと、車に乗り込んだのだった。

「誰だ、あれは」

車が発進した直後、重蔵は短く問う。美琴は俯《うつむ》いたまま小さな声で答えた。

「職場の先輩です」

「随分、親しそうに見えたが？」

祖父が何を言いたいのか分からず、美琴はちらりと視線を上げる。しかし、隣に座る人物と目が合った瞬間、鋭い眼光に圧倒されて息を呑んだ。

七十五歳という高齢にもかかわらず、祖父の背中はしゃんと伸びている。座っているだけで息が詰まりそうなほどの存在感を放つ彼こそ、世界に名の知れた柊グループの頂点に立つ男である。

「二人きりでいったい何を話していた？」

「……いえ、大したことではありません」

美琴はごまかした。

食事に誘われたことは何となく言えなかった。すると祖父は不快そうに眉を寄せる。

「契約職員ならばと大目に見たが、やはり外で働くのは考え物だな。どうせ色目を使うのなら、あんな男ではなく貴文に使えば良かったものを」

「色目なんてっ……！」

使ってない。第一そんな言い方は山本にも失礼だ。そう言いかけたが、重蔵の鋭い一瞥《いちべつ》で言葉を呑み込んでしまう。

「それくらいしてでも、貴文を繋《つな》ぎ止めておく必要があったと言っている。お前がもっとしっかりしていれば、秘書なんぞと逃げられることはなかったんだぞ。お前が不甲斐ないから今の状況になったと、本当に理解しているのか？」

心底呆れたような声が車内に響いた。

駆け落ちから三ヵ月経ってもなお、重蔵の怒りは解けていない。

裏を返せばそれは、貴文たちが見つかっていないということ。それ自体は嬉しいし、彼らへの協力を後悔したことはない。それでも、こうも何度も責められると心が折れそうになる。

こんな時、美琴が言える言葉は一つだけだ。

「……申し訳ありません」

謝罪すると少しは溜飲《りゅういん》が下がったのか、重蔵は「ふん」と鼻を鳴らす。

「次は、失敗してくれるなよ」

「次……？」

「今日の見合い相手のことだ」

「待ってください！　お見合いって……そんな話、聞いてません」

「今、言った。何か問題があるのか？」

突然すぎて言葉も出ない。呆然とする美琴を重蔵は冷ややかに見つめた。

「まさか、貴文以外とは結婚する気がないとは言わないだろうな。お前の婿が私の後を継ぐのは昔から決まっていたことだ。貴文がダメなら他の人間を用意するまでだ」

祖父が自分を道具としか見ていないことは、分かっていた。

貴文と婚約破棄した以上、いずれは誰かと結婚する必要があることも理解していた。

それでもこれは、あまりに急すぎる。

重蔵の口ぶりからすると、これは決定事項に近い。きっと形ばかりのお見合いで、既に婚約は成立しているも同然だろう。十三歳の時、貴文との婚約が決まった時と同じ。今の美琴にできるのは、黙って祖父の言葉に従うことだけ。拒否権は、初めから存在しない。

「……お相手は、どんな方ですか」

ならばせめて、事前に人となりくらいは把握しておきたい。

しかし勇気を振り絞ったこの問いにも、重蔵は「会えば分かる」と素っ気なく返しただけだった。

「貴文には劣るだろうが、今後の柊を任せる能力はある。どちらにしても、お前には過ぎた男だ」

これには、流石《さすが》に心が折れた。

美琴にとっては、今後の人生を左右する出来事なのに。

重蔵にとっては、会社のための一出来事でしかないのか。

(……嫌だ)

怖い、と本能的に思った。幼馴染《おさななじみ》であり、婚約者として十年近くを過ごした貴文とは違う。

これから初めて顔を合わせる人間と結婚するなんて……そんなの、怖くないはずがない。

そしてそれ以上に、こんなにも不安で怖くて仕方ないのに、祖父に何一つ言い返せない自分が情けなくて、腹立たしい。

「もうすぐ店につく。今のうちに作り笑顔の練習でもしておけ。お前は顔しか取《と》り柄《え》がないんだ。せいぜい有効活用して少しでも気に入られるように努めろ。また逃げられないようにな。分かったなら、その暗い顔をなんとかしろ。――本当に、情けない」

ため息は、時に厳しい叱責よりも美琴の心を深く抉《えぐ》る。

情けない。

みっともない。

……いったい何度、この言葉を聞いただろう。

幼い頃から言われ続ければ、自分がいかに凡庸《ぼんよう》な存在なのかを嫌でも自覚させられる。

臆病で、引っ込み思案。取《と》り柄《え》と言えば少し見た目がいいだけ。

日本人形のように真っ黒な髪は、重蔵が女の短髪を嫌うため幼い頃から背中まで伸ばしている。扇形の眉毛に縁どられた大きな瞳。すっと通った鼻筋に桃色の唇。生まれつき肌があまり強くないせいで、美琴は子供の頃から色白だった。確かに街を歩けば声をかけられることがしょっちゅうある。

(でも、それだけ)

知らない人が声をかけてくれるのは、見た目がマシだから。

世間的にはハイクラスの男性が妙に優しくしてくるのは、柊家の娘だから。

美琴自身は、見た目以外にはなんの取《と》り柄《え》もない、つまらない女なのだから。

それからほどなくして、二人を乗せた車はある料亭に到着した。既にお見合い相手は到着しているという。部屋へと続く長廊下を女将《おかみ》に案内されている最中、重蔵は言った。

「お前は黙って私の隣に座っていればいい。余計なことは何も言わず愛想を振りまいておけ」

「……承知しました」

振り返りもしない祖父の背中を前に、美琴は思う。

目に見えない鎖で繋《つな》がれているようだ。

己《おのれ》の意思も持たずに黙って祖父に付き従う自分は、さながら犬のようだと美琴は自嘲する。

否、飼い犬のコーギーはしばしば「お前は頭がいいな」と祖父に褒められる。

一方の美琴は、生まれてこの方一度だって褒められたことがない。

もしかしたら祖父にとっての美琴は、飼い犬以下の存在なのかもしれなかった。

柊家の娘として生まれてから今まで、命じられれば返事は「はい」の一択以外ありえなかった。

逆らったのは、貴文の駆け落ちに協力した一度だけ。少しでも迷う素振りを見せれば即座に厳しく叱責される。歯向かえば最後、身一つで家から追い出される。

たとえそれが、つい昨日まで家族として一つ屋根の下で暮らしていた者であったとしても、祖父は自分の意に沿わない者は容赦なく切り捨てるのだ。

……まるで、塵《ごみ》のように。

実際、美琴の母親がそうだった。

現在、柊家本家の屋敷に住んでいるのは、重蔵と美琴の二人だけだ。

父親は美琴が子供の頃、外に愛人を作ったことが原因で重蔵に勘当された。

母親は、美琴が十歳の時に重蔵によって柊家を追い出された。

美琴が生まれる前、母親はホステスをしていた。そこへ客として訪れた父親と恋に落ち、美琴を身ごもり結婚したのだ。しかし重蔵は、母親を最後まで柊家の人間とは認めなかった。

折り合いの悪い祖父と母親。

父親はそんな二人を初めは取り持っていたけれど、最後は疲れて外に女を作った。父親が帰らないようになると、重蔵の母親へのあたりはますます強くなって……ついに母は屋敷を出て行った。

その日は、激しい雷雨だった。

土砂降りの雨の中、鉄の門扉《もんぴ》に追いすがって娘の名前を呼び続ける母の姿を、美琴は今でもはっきりと覚えている。美しかった母がボロ雑巾のような姿で泥水に膝をつき、やがて力なく去っていくのを、美琴は暖かな部屋の中で嗚咽《おえつ》を殺しながら見ていることしかできなかった。

そんな美琴の横で、祖父は『去り際まで醜い女だ』と吐き捨てるように言ったのだ。

『美琴。お前だけはああはなってくれるなよ。お前は、柊家を継ぐことだけを考えていろ。この家はいずれお前の夫となる男に任せる。それまで、お前は黙って私の言うことに従っていればいい』

重蔵が美琴に望んだのは、柊の人間であることだけ。

跡継ぎの能力は初めからないと割り切り、優秀な人材と結婚させることだけを目的としたのだ。

「こちらでございます」

案内されたのは、離れの一室だった。

この向こう側に新しい婚約者がいる。こんな時も頭に浮かんだのは、やはり一人の男だった。

(拓海)

今こそ、あなたに会いたい。

どんな言葉でもいい。あなたの声が聞きたくて、たまらない。

そして、襖《ふすま》が開いた。堂々とした足取りで入室する重蔵の後ろを、俯《うつむ》いた美琴は幽鬼のように続く。すると、下座に座っていた男――この人がお見合い相手だろう――がゆっくりと立ち上がった。

「ご無沙汰しております、重蔵様」

その声に美琴は弾かれたように顔を上げた。

思考が止まる。一瞬にして凍り付いた美琴に気づかず、重蔵は小さく頷いた。

「久しいな」

次いで重蔵が呼んだ、その名前。

「拓海」

ずっと会いたいと思っていた、けれどもう二度と会うことはないだろうと思っていた人。

(うそ)

九条拓海が、そこにいた。

初めは、拓海に対する強い想いが見せた幻かと思った。

だって、ここに拓海がいるなんてありえない。しかし美琴の目の前にいるのは間違いなく本人だ。

最後に別れた時より随分と大人びているけれど、彼を見間違うはずがない。

離れの和室に三人。重蔵が上座に腰を下ろすと、美琴は混乱したままその隣に正座する。一方拓海は、美琴に視線を向けることなく重蔵を真っ直ぐ見据えた。

「こうして会うのは四年ぶりか。息災にしていたか」

「おかげさまで。重蔵様もお元気そうで安心いたしました」

「何が元気なものか。お前の兄のせいで心が休まらない毎日を過ごしているというのに」

「それは……」

「ふん、まあいい」

美琴の知る限り、二人はこんな風に会話をするような仲ではなかった。

重蔵は拓海を忌《い》み嫌っていた。時に塵《ごみ》のように見下し、時に空気のように見ないふりをした。拓海もまた、そんな重蔵を快《こころよ》くは思っていなかったはずだ。

「あちらで起業したと聞いたぞ。業績もなかなかのものだったようだが……それが、なんだ？　会社を辞めて写真家などとつまらん仕事をしていたそうだが、経営の勘は鈍っていないだろうな？」

「そのつもりです。重蔵様も、だからこそ私を呼び戻したものと思っていましたが」

「……言うようになりおって」

ここに来てようやく重蔵は美琴を見た。

「何をしている。お前も拓海に会うのは久しぶりだろう。挨拶《あいさつ》くらいしないか」

そう言われてもすぐには言葉が出ない。その時、再会して初めて拓海が美琴を見る。

懐かしいその瞳にとくん、と胸が疼《うず》いた。

「美琴」

美琴の耳は一瞬にして拓海に集中した。

艶《つや》のある低く掠《かす》れた声。その形のよい唇が名前を呼ぶたびに心臓がきゅっとなった。

口数の少ない彼から話しかけてくることは滅多になくて、だからこそそんな彼に呼ばれると、ありきたりな自分の名前が特別なものに感じられた。

(名前を呼ばれた、だけなのに)

それだけで、美琴の胸は震える。

嬉しい。本物だ。本物の拓海が、ここにいる。

ずっとこの声が聞きたかった。二度と会えないと思っていたからか、最後に名前を呼ばれた四年前の別れの日を何度も夢に見た。

会いたい。声が聞きたい……その願いが叶ったのに、美琴は返事すらまともにできない。

固まる美琴を現実に引き戻したのは、祖父の冷ややかな声だった。

「お前は挨拶《あいさつ》もまともにできないのか」

祖父の機嫌を損ねるのは怖い。しかし驚きと戸惑いで声が出ない。

申し訳ありません——そう、体に染みついた言葉をなんとか発しようとした時、助け舟を出してくれたのは、意外にも拓海だった。

「重蔵様、私も美琴もこうして会うのは四年ぶりです。こういった形で再会するとは互いに予想外でしたし、つもる話もあります。よろしければ、二人だけで話す時間をいただけませんか？」

その申し出に重蔵は僅《わず》かに眉を寄せると、拓海を鋭く見た。

「一応、確認しておこう。このまま話を進めても構わないな？」

「もちろんです」

「ならいい。気のすむまで話すといい。今日の席は形だけのものだ。これ以上私がここにいる必要もないからな。私は先に失礼するとしよう」

「ありがとうございます。美琴は私の車で送ります」

重蔵は興味を失ったように立ち上がる。まさか、本当にこのまま二人きりにするつもりなのか。

状況が把握できていない今、それは困る。美琴が重蔵を咄嗟《とっさ》に呼び止めようとしたその時だった。

「……分かっているな」

重蔵は美琴の耳元で囁《ささや》いた。

「失敗は、許さん」

今一度念を押して、重蔵は出て行った。

失敗。それはつまり、婚約者の機嫌を損ねるなということだ。そして今ここにいるのは、美琴と拓海の二人きり。必然的に美琴の新しい婚約者は拓海ということになる。

（そんなはず、ない）

新しい婚約者は美琴には過ぎた男だと重蔵は言った。確かに拓海は、その容姿も頭の良さも全てが美琴にはもったいなさすぎる男だろう。でもこんなことはありえない。だって拓海は写真家として成功を収めているのだ。なのに、なぜここに――？

「……久しぶりだな、美琴」

俯《うつむ》いて頭を抱えそうになったその時、低く掠《かす》れた声に呼ばれる。はっと顔を上げると、拓海と目が合った。重蔵に対する時とは打って変わって、拓海の表情に笑顔はない。

「四年ぶりか。元気にしてたか？」

「……うん。拓海は？」

「見ての通り変わりないよ」

久しぶりの会話は、それだけだった。

二人は漆塗りの座卓を挟んで向かい合わせに座り直す。しかし、対面したのはいいものの、拓海は何を言うでもなくじっと美琴を見つめるばかり。互いを探るような雰囲気に美琴は戸惑った。

自分に向けられた拓海の視線が熱い。でも美琴が顔を背《そむ》けることはなかった。

美琴もまた、拓海から目を離すことができなかったのだ。

拓海は自身を「変わらない」と言ったけれど、そんなことはない。

（……拓海、ますます格好良くなった）

初めて出会ったのは十年前。美琴が十三歳、拓海が十七歳の時だった。

柔らかな雰囲気を持つ貴文とは正反対の、まるで抜身の剣のような鋭さと冷たさを持った青年。

そんな彼に、美琴は一目で魅入られた。

あの頃の四歳差は大きい。当時の美琴は中学に入学したばかりで、まだまだ制服に着られているような子供だった。でも拓海は違った。高校二年生の彼はその時からずば抜けて格好良くて、大人びていた。それでも四年前はまだ学生らしさが残っていたが、今目の前にいる拓海は違う。

色気を纏《まと》った彼は、大人の男だ。

互いが切り出すきっかけを探るかのように見つめ合ったまま、沈黙が満ちる。

しかしそれは決して嫌なものではなく、どこか懐かしい。

昔から拓海は多弁な方ではなかった。彼が腹を抱えて笑うところを美琴は見たことがない。

かといって特別寡黙なわけでもなく、楽しければ笑うし面白くないことがあれば不機嫌になったりもした。けれどどんな時も拓海は落ち着いていた。

耳に柔らかくなじむ声のトーンは、祖父とも貴文とも違う。

美琴は、彼の周りに流れる落ち着いた空気が好きだった。

「拓海」

沈黙を破ったのは、美琴だった。本当は、話したいことも聞きたいこともたくさんある。

なぜ四年前、あんなにも急に日本を発《た》ったのか。いったいいつから美琴を嫌っていたのか……今も、嫌いなのか。でも今はそれらよりもまず、聞かなければならないことがある。

「どうして、拓海がここにいるの？」

美琴の問いに拓海は僅《わず》かに眉を寄せる。

「美琴は今日、なんて言われてここに来た？」

その懐かしい仕草に胸が疼《うず》きながらも、美琴は口を開いた。

「お見合いだ、って」

「その認識で間違いない。その見合い相手は、俺だ」

「……ごめんなさい、ちょっと待って」

眩暈《めまい》がしそうになる。美琴が動揺していると、拓海は更に眉根を寄せた。

「本当に何も知らされていないのか。……あのクソジジイ」

拓海は口汚く吐き捨てる。先ほど重蔵の前で見せていた態度とはまるで違った。

「俺は、兄貴の代わりとしてここにいる」

息を呑む美琴に、拓海は淡々と続けた。

「ジジイが柊の跡継ぎに望む条件は、あらゆる面で『優秀』であることだ。学歴、生まれ、性格。どれをとっても文句がつけられないような人間。その点、兄貴は全ての条件に当てはまっていた。九条家の長男で、優秀で、美琴と年齢も近い。だからジジイは兄貴をお前の婚約者にした」

しかし拓海は駆け落ちした。何もかもを捨てて、たった一人の女性を選んだのだ。

「まさか兄貴がそんな思い切ったことをするとは思わなかったよ。昔からあの人は、絵に描いたような優等生だったからな」

拓海は淡々と続ける。

「ジジイは兄貴と同条件の男を探したけど、そんな奴なかなか見つかるもんじゃない。そこで白羽の矢が立ったのが、俺だ。妾腹《しょうふく》とはいえ、俺も九条の人間だからな。光臣がジジイに打診して、結果的に俺が選ばれた」

光臣。拓海と貴文の父親で、九条家の現当主だ。

「お祖父様が、拓海を……？」

「疑うのは分かる。ジジイは昔から俺が大嫌いだったからな。でも俺以上に条件が合う男がいなかったんだから仕方ない」

信じられないけれど、話は分かった。拓海がお見合い相手なのは間違いないだろう。だからと言って、拓海がこの話を受けるかは別の話。彼は、重蔵に頼まれてここにいるだけだ——そう考えた時、ふと先ほどの拓海と重蔵の会話を思い出す。

『このまま話を進めても構わないな？』

『もちろんです』

あの言い方はまるで、拓海が結婚を承諾したようだった。しかし頭に浮かんだ予想を美琴はすぐに打ち消す。

「……拓海は、この話を断ったんだよね？」

「さっき言った通り、俺は見合い相手として今日ここに来た。この話は既に決定事項と思ってもらっていい。恨むなら、馬鹿な兄貴を恨んでくれ」

どうして。拓海は美琴が嫌いなはず。二度と顔を見たくないと、そう言ったのは彼自身なのに。

(私と拓海が、結婚……？)

ずっと好きだった人。

本当なら喜ぶべきことなのに——嬉しいと思えないのは、分からないことが多すぎるからだ。

「仕事は……？　今は、フォトグラファーの仕事をしてるんだよね？」

一番気になったのはそれだった。拓海は、写真家として活躍しているはずだ。世界中を飛び回って、ありとあらゆる景色を写すのが彼の仕事。こんなところにいるべき人ではない。それなのに、なぜ。

（まさか）

そういえば重蔵は、「写真家をしていた」と過去形で話してはいなかったか。

胸がざわめく。心臓が嫌な音を立てて早鐘を打ち始める。青ざめる美琴に、拓海は言った。

「フォトグラファーの仕事は、辞めた」

予感は、的中した。

「どうして……辞める必要なんて、どこにも――」

「あったんだよ。それが、この結婚の条件だから」

「条件……？」

美琴は震える声で問う。

「お前との結婚は、柊商事の社長になることを意味する。ジジイは柊グループを背負う人間が二足の草鞋《わらじ》を履くなんて許せないんだろう。『写真なんて下らん、趣味で十分だ』と言われたくらいだからな」

拓海の表情が陰る。それだけで彼にとって写真がいかに重要か分かった。

「……駄目だよ。拓海、写真が好きなんだよね？　海外ではどんどん評価が上がってるって貴文さんに聞いたよ。それなのに辞めるなんて、そんな……」

「それはできない。一度引き受けたことを反故《ほご》にしたら、ジジイは何をするか分からない。元いた会社の連中に迷惑がかかるようなことはしたくないんだ」

美琴ははっとした。もしも拓海が断った場合、重蔵は彼が勤めていた会社に圧力をかけるかもしれない。そうなれば、同僚や友人にも被害が及ぶ。だから、拓海は帰国した——？

（私のせいだ）

拓海も重蔵も、今回の責任は駆け落ちした貴文にあると思っている。

確かにそれは間違いではないだろう。しかし美琴が貴文に手を貸さなければ、駆け落ちの成功率は格段に下がったはず。つまり美琴は、彼らの共犯者だ。それが大好きな人の夢を奪うことに繋《つな》がるなんて……彼の周囲にまで影響を及ぼすなんて、思いもしなかったのだ。

「拓海」

震える声で好きな人の名前を呼ぶ。

「今からでも遅くない、この話は断って」

「……美琴？」

「お祖父様のことなら私がなんとかする。全部私のせいにして構わない。どんな理由を付けてもいい、私を悪者にしてもいい。だからお願い！」

たまらず美琴は声を荒らげた。美琴のせいで拓海が夢を諦めるなんて……意思を捻じ曲げられるなんて、そんなことは絶対にあってはならない。

「私からもお祖父様に話すから……お願い、拓海」

重蔵に逆らう。そう想像しただけで身が竦《すく》むような思いがした。結果、どんな責めを受けるかは分からない。それでも構わなかった。拓海を巻き込んでしまうより、ずっといい。

(私、なんてことを)

拓海に対する申し訳なさから、じわりと目尻に涙が浮かぶ。

(……泣くな)

自分にそんな資格はないのだから、と美琴はすぐに目元を拭《ぬぐ》おうとする。すると、対面に座っていた拓海がすっと立ち上がり美琴の隣に移動し、その手を掴《つか》んだ。

「……泣くほど、俺のことが嫌いか?」

「拓海?」

「兄貴は、お前を捨てて他の女を選んだ。それでもまだ、兄貴が好きなのか?」

見下ろされた美琴ははっとする。拓海は、美琴が貴文を想って泣いていると勘違いしているのだ。

それは違う、と言いかけようとするも、拓海の自嘲がそれを遮《さえぎ》った。

「……好きになるのも当然か。兄貴は優しくて優秀で誰からも好かれる。でも俺は、何もかもがあの人とは正反対だ。お前が俺を苦手なのも仕方ないよな」

「苦手って……拓海のことをそんな風に思ったこと、一度もないよ」

「今更」

拓海はぞっとするほど冷たく吐き捨てる。

「俺と話す時のお前はいつも緊張していた。顔は笑っているのにどこかよそよそしい。俺を見る時はいつも伏し目がちだ。うまく隠していたつもりだろうけど、俺はずっと気づいていた」

俺以外は分からなかっただろうけどな、と拓海は唇を歪《ゆが》める。

一方の美琴はすぐに答えを返せない。驚いたのだ。

(拓海の目には、そんな風に映っていたの……？)

緊張していたのは、ドキドキしていたから。つい目をそらしてしまったのは、拓海を見て赤らむ頬を隠したかったから。全部、拓海が好きだから。それ以上の理由なんてありはしないのに。

まさか拓海がそれを正反対の意味で捉《とら》えていたなんて、思いもしなかった。

「違うの、私は——」

「何が違う？」

その瞬間、空気が一変した。

今まで張り詰めていたそれは突如弾け、代わりに拓海の激しい怒気が空気を震わせる。誤解を解こうとする美琴の言葉を聞こうとせず、拓海は美琴の手首を握る手に力を込めた。

(怖い)

痛みで咄嗟《とっさ》に顔をしかめると、その拍子に堪《こら》えていた涙が美琴の頬を滑った。

「いいか。これは決まったことなんだ」

彼は挑むように美琴を見据えた。力強い瞳に射貫かれる。

「見ろ。お前と結婚するのは、俺だ」

「離して……」

美琴の懇願を拓海は無視した。それどころか自分の方に引き寄せようとする。

「いやっ！」

美琴は咄嗟《とっさ》に身を引いて体をよじる。その時、振り払った美琴の指先が拓海の頬をかすめた。

「っ……！」

拓海が顔を歪《ゆが》める。彼の頬に滲《にじ》んだひっかき傷に、美琴は我に返った。すぐに謝ろうとするけれど、それよりも早く拓海の右手が美琴の顎《あご》を掴《つか》んで、くいと上げた。

「兄貴以外の男には、指一本だって触られたくないか？」

「たく、み……」

「残念だったな。今こうしてお前に触れているのは兄貴じゃない、俺だ。どうしてもそれを受け入れられないというのなら、体に教えてやるよ。——余計なことなんて、もう何も言えないように」

「んっ……！」

美琴は目を見開いた。

拓海に、唇を塞《ふさ》がれたのだ。

突然のことに身動きできないでいると、拓海の舌が強引に美琴の唇をこじあけた。

抵抗する間もなかった。強引に割って入った舌は、奥に引っ込もうとする美琴の舌をたやすく搦《から》めとる。舌裏を舐め上げて口の中を暴れ回るそれに、頭がくらくらした。

（どうして、こんなことするのっ……⁉）

婚約者だった貴文は、美琴の頬に触れることすらしなかった。美琴が知っているキスといえば、親愛を表すチークキスだけだ。しかし、これは違う。

美琴の何もかもを奪うかのような激しいキスに、どう反応したらいいのか分からない。

逃げようと体をよじっても、拓海に腰をホールドされて動けない。

できるのはただ、嵐のように突然訪れたキスに耐えるだけだ。

「ふっ……ぁ……」

美琴の口から吐息が漏れる。

(やだ、こんないやらしい声っ……)

声を抑えようと唇を引き結ぼうとしても、拓海は許さなかった。絡んで、舐められて、吸われて。

くちゅくちゅという音に自《みずか》らの声が混じるのが、恥ずかしくてたまらない。

「美琴」

じわりと目尻に浮かんだ涙を、拓海が舐めとる。不意に終わった口づけに、美琴の体から力が抜ける。その場に座り込みそうになるのを、拓海の逞《たくま》しい腕に支えられた。

咄嗟《とっさ》に「離して」と言いかけて——言葉を呑んだ。

(どうして、あなたがそんな目をするの)

美琴が見上げた先にある顔は、とても辛そうだった。拓海は、先ほどまで暴れていた唇をきゅっと引き結び、何かに耐えるような表情をして美琴を見下ろしている。

まるで泣くのを堪《こら》えているような、その表情。

「……やっと手に入れたんだ」

拓海は、美琴の視線から逃れるように、ぎゅっと美琴を自《みずか》らの胸に抱きしめた。

「俺は兄貴が持っているものも、これから先あの人が得るものも、本当はずっと羨《うらや》ましくてたまらなかった。それでも……絶対に手に入らないものを望んでも虚《むな》しいだけだと思って、諦めていた」

「た、くみ……？」

戸惑う美琴を拓海はいっそう強く抱きしめる。

「でも状況は変わった。もう諦めたりなんかしない。——美琴。俺は、お前と結婚して全てを手に入れる」

この瞬間、美琴は悟った。

なぜ拓海が夢を捨ててまで帰国し、貴文の身代わりになったのか。

なぜ美琴が破談を勧めても、頑として受け入れようとしないのか。

拓海は、柊グループが欲しいのだ。

だから、嫌いな美琴とも結婚する。美琴に拘《こだわ》っているのではない。

彼が求めているのは、柊における立場だけ。

全てを理解した美琴の両目から再び涙が滲《にじ》む。それが頬を濡らすのを、美琴は唇を噛むことでなんとか堪《こら》えた。美琴を抱きしめる拓海はそれに気づかない。だから美琴は、息を、声を殺して泣いた。

「……会わなければよかった」

たまらず漏れた言葉に、拓海は一瞬体を強張《こわば》らせたが、すぐに抱く手に更に力を込めた。

その力強さに、温かさに、いっそう切なさが募《つの》る。

もう一度だけ会いたいと思った。誰かのものになる前に、一目姿を見たいと思った。

でもそれは、こんな形じゃない。

いつかもう一度会えたら、「好き」と伝えられるだろうか――そんな風に思っていた、甘えた自分。

でも、言えるはずない。

好き。そのたった二文字を、美琴は永遠に口にする機会を失った。

なぜなら美琴は、拓海の夢を奪った張本人なのだから。

「諦めろ、美琴」

まるで自《みずか》らに言い聞かせるように、拓海は言った。

「もう二度と離さない。――お前は、俺の物だ」

Ⅲ

相馬《そうま》拓海、十四歳。

その日、拓海はたった一人の家族である母親を見送った。

突然の病死だった。

母親は心の弱い人だったけれど、小さいながらも小料理屋を営《いとな》み、女手一つで拓海を育ててくれた。父親はいない。拓海の母親は、いわゆる愛人だったのだ。

血縁上の父親にあたる男は、母が身ごもったことを知ると二度と会いに来ることはなかった。一方で男は拓海を認知した。月々の養育費の振り込みが滞《とどこお》ることがなかったのは、不幸中の幸いと言えるかもしれない。

通帳に数字が刻まれる時だけ思い出す父親。特に会いたいと思ったことはないし、これからも会うつもりなんてなかった。しかし母の葬儀を密やかに終えたその夜、男はなんの前触れもなく訪れた。

「相馬拓海だな？　私は九条光臣。お前の父親だ」

土砂降りの夜だった。父親を名乗る男は、お付きの人間に傘を持たせて自《みずか》らは一滴も濡れることなく拓海を見下ろした。

嫌な男だ。一目見てそう思った。

冷ややかな視線に威圧的なオーラ。何よりも人を見下すその態度が、気に食わない。

「……あまり母親に似ていないな」

男はいっそ呆れるほどに淡々としていた。年齢は四十代半ば頃。その顔は恐ろしく整っているのに、無表情のせいか何の感情も読み取れない。しかしそれは、相対する拓海もまた同じだった。

「そうだろうな。母さん曰く、俺はあんたに生き写しらしいから」

この男が自分の父親であることは間違いなかった。拓海は、それを事実として受け止める。否定するには、自分と男の顔はあまりに似ていたのだ。

数十年後には自分はこんな顔になるのだろう。まるで未来の自分を見ているような気持ち悪い感覚だった。この男と会うのはこれが初めてだが、自分と父親が似ていることは、こうして実際会わなくても知っていた。「聞いていた」と言っていい。

なぜなら拓海は、生まれた時から子守歌代わりに言われてきたのだから。

『あなたはお父さんに本当に似ているわ。まるで光臣さんが傍にいるみたい』

『あなたのお父さんはとても素敵な方なの。拓海も光臣さんみたいな人になるのよ』

母は拓海に何千回、何万回と父親について話して聞かせた。

父親は九条家という由緒正しい家柄の人間であること。

小料理屋を営《いとな》む母とは客として出会い、恋に落ちて拓海が生まれたこと。

会いに来ないのは本妻が離婚に応じないからで、離婚が成立すればきっと迎えに来てくれることと……

離婚については母の願望にすぎないことは、幼心にも理解していた。

本当に迎えに来るつもりがあるのなら、一度も会いに来ないのはおかしい。

しかし光臣を異常なまでに愛した母は、それを認めなかった。

母は、子供を儲《もう》けておきながら一度も姿を見せない男を病的なまでに想い、焦《こ》がれ、心を病《や》んだ。

そしていつか迎えに来てくれると信じたまま、死んだのだ。

母は息子に愛した男の幻影を見ていた。母にとっての拓海は、九条光臣の代わりだったのだ。

その本物が今、目の前にいる。

初めて会う実の父親。しかし会えた喜びはもちろん、感動なんて欠片《かけら》もない。

「今更何の用だ。気まぐれで来たなら今すぐ帰れ。あんたなんか、塩をまく価値もない」

愛人が妊娠したと知るなりすぐに切り捨てるような男だ。

十四年も会っていない女が死んだと知ったところで弔《とむら》いに来るとも思えない。

「随分と良い性格に育ったものだな。だが今後は控えるように。今まではどうだったか知らないが、九条を名乗る以上は父親に対してそんな口の利き方をするなど、金輪際《こんりんざい》許さない」

「……九条を名乗る？　いきなり来て何言ってんだ、あんた」

「お前を九条家に迎え入れると言っている。手続きは全てこちらで整えよう。学校は転校することになる。明日迎えをやるからそのつもりで準備をしておくように」

怒りを通り越して、もはや理解不能だった。

「引き取ってほしいなんて誰が言った？　大体、今日まで一度も会ったことのない父親を頼ろうなんて初めから思ってない。あんたには何も期待していない。十四年間放っておいたんだ、これからもそうすればいいだろう。俺は一人で生きていく。あんたに会うのは、これが最初で最後だ」

「憐《あわ》れみなんかいらない。分かったらさっさと帰れ——そう言った拓海を、光臣は鋭く睨《にら》む。

「勘違いするな。私はお前に命令しているんだ。お前はただ素直に頷けばいい」

「……は？」

この男は、どこまで偉そうなのか。

「あんたにそんなこと言う権利はない」

「あるんだよ、私には。お前の父親だからな」

「ふざけんな、今更父親ヅラするつもりか⁉」

ついに我慢できずに声を荒らげる。しかし光臣は不愉快そうに眉根を寄せるだけだ。

「いいか。会ったことがあろうとなかろうと、認知した以上、私はお前の父親だ。そしてお前は未成年。父親の私がお前を養育するのは当然の流れだろう。大体、『一人で生きていく』だと？　笑わせるな、義務教育も終えていない十四歳の子供がどうやって生きていくつもりだ」

「そんなのいくらでも方法はある！　学校なんか行かないで働いたって構わない！」

昔から実年齢より上に見られることが多かったし、中学入学の頃には高校生に何度も間違われた。年齢をごまかして働けばいいと主張する拓海を、光臣は「馬鹿なことを」と一蹴する。

「私の息子が中卒なんてありえん。先ほども言っただろう。お前には然《しか》るべき学校を出てもらう。同じことを何度も言わせるな。無駄話をするのは好きではない」

あまりの横暴さに反論の言葉さえ浮かばない。呆れと怒りが入り混じり、呆然と目の前の男を見る。

拓海の沈黙を肯定と捉《とら》えたのか、光臣は反論を許さない声色で淡々と続ける。

「お前には何不自由ない生活を約束しよう。希望は最大限叶えるし、欲しいものがあれば何でも与える。ただ一つ、九条の家以外はな」

「……どういう意味だ」

九条家に迎えると言いながら家は与えないなんて、意味が分からない。

「お前は一応私の息子だから、九条の姓は与える。しかし、九条家は他の息子たちの物だ。兄の貴文と弟の礼。貴文は十五歳、礼は二歳になる。家を継ぐのは彼らであって、お前ではない」

一歳年上の兄と一回りも年の離れた弟。どうやら自分には二人の兄弟がいるらしい。そんなことすら拓海は知らなかった。それにもかかわらず、光臣は全てが当然のように話し続ける。

「お前には九条の名に相応《ふさわ》しい教養を身に付けてもらう。いずれは貴文の手足になり、礼を支える存在になれ。お前は息子たちのスペアだ。それさえ理解できれば、後は自由にすればいい」

会話にならない。同じ言語を話しているのに、まるで通じていないような気持ち悪さ。

拓海がそう感じるのも仕方ないことだった。

目の前の男は、拓海を同じ人間としてではなく、ただの道具として見ているのだから。

「話は以上だ」

言って光臣は背中を向けて出て行った。

「待っ……！」

拓海は靴も履かずに、すぐに後を追いかける。しかし光臣はちらりとも振り返らない。彼を乗せた黒塗りの車は拓海を無視して遠ざかっていった。

「なんなんだよ……勝手なことばっか言ってんじゃねえよ！」

全身を雨に打たれながら拓海は叫ぶ。しかしその声は雨音にかき消され、悔しさのあまり滲《にじ》んだ涙もまた雨に溶けて消えた。

――怒りで体がどうにかなってしまいそうだ。

突然現れた父親。奴は、過去の愛人とはいえ、悔やみの言葉一つ口にしなかった。一方的に拓海を引き取ると告げ、一方的に拓海の将来を決めつけた。名門の姓と裕福な暮らしを与えるから、母の違う兄弟に尽くせと言われた。

それは、餌《えさ》と住処《すみか》をやる代わりに従えということだ。

そんなの、飼い犬と一緒じゃないか。

(ふざけるな)

母は、光臣の愛人となったことで実家に縁を切られた。そのため拓海は相馬の人間と一度も会ったことがない。身よりもなく天涯孤独になった拓海は、児童養護施設に入所する予定だった。しかし父親が引き取る意思を示している以上、それはなくなったと考えていい。

十四歳の子供が一人で生きていけるほど現実は甘くないことは、拓海も理解している。

結局は、あの男を頼る以外にないのだということも。

(だからって、誰が言いなりになんてなるもんか)

全身ずぶ濡れになりながら、十四歳の少年は自身に固く誓う。

(利用してやる)

与えられるものは全て受け取る。

教育も環境も全てを自分の血肉にして、「九条に相応《ふさわ》しい人間」とやらになってやろう、でも。

（絶対に、あいつの言う通りになんかなってやるものか）

どんな形でもいい。あの男に自分の存在を認めさせてやるのだ。光臣の望み通り九条家の奴隷になんてならない。何としても九条で自分の立場を確立してみせる。

そして明朝。大層立派な車で迎えはやってきた。来たのは運転手ただ一人。光臣の姿はない。

運転手は拓海の荷物がボストンバッグ一つであることに驚いたようだった。

彼は、必要なものは全て九条の家に運ぶと言ってくれたけれど、断った。

大切なものは全てバッグに詰め込んである。

擦り切れるほど読み込んだ大好きな写真家の風景画集と、カメラが二つ。

一つは、小遣いを貯めて買ったカメラ。そしてもう一つは、小学生の頃に母に買ってもらったポラロイドカメラだ。性能で言えば玩具《おもちゃ》みたいなそれを、拓海はどうしても捨てることができなかった。

それらが入ったバッグを手に、拓海は車に乗り込んだ。

こうして拓海は、「九条拓海」になったのだった。

◇―＊◆＊―◇

『今後のことについてはまた連絡する。……逃げようなんて無駄なことは考えるなよ』

激しいキスの後、崩れ落ちそうになった美琴に、新しい婚約者は冷ややかに言い放った。一方の美琴は返事すらできなかった。

（一人になりたい）

そう思ったのを最後に美琴は気を失った。

思いがけない再会と望まない婚約。

拓海の夢を奪ってしまったことへの罪悪感。そして……無理やり奪われたファーストキス。

突然自分の身に降りかかったそれらに、体も心もついていけなかったのだ。

それから後のことはほとんど覚えていない。自宅へは拓海が送ってくれたらしい。

夜中に一度だけ目を覚ましたけれど、瞼《まぶた》を閉じればすぐに睡魔に襲われた。体が考えることを拒否したのかもしれない。

その日、美琴は泥のように眠った。


そして、翌朝。

美琴は重い瞼《まぶた》を開ける。目覚めは最悪だった。酷い頭痛はするし、体の節々が凝り固まったように痛い。ベッドサイドの時計に視線をやると、時刻は朝の五時半。

この時間はまだ重蔵も自室だろうが、あと三十分もすれば朝食を終えてリビングにいるはずだ。

本当は今すぐ祖父と話したいけれど、自室にまで押しかけるのは憚《はばか》られる。

美琴はベッドから下りると、だるい体を引きずるようにして自室のシャワールームへと向かう。

（……酷い顔）

鏡に映る顔は直視するのが躊躇《ためら》われる有様だった。青白い肌に生気のない瞳。昨日散々泣いた上に化粧を落とさず眠ってしまったものだから、メイクは酷く崩れている。

重蔵に会う前に確認しておいて良かった。取り得は顔だけだと思われているだけに、こんな醜い姿を見せたら何を言われるか分からない。

シャワーを浴びて着替えると体はすっきりしたけれど、気分は晴れない。

こんな風に調子が上がらない時や気持ちがざわめく時、美琴は決まってあることをする。

美琴はドレッサーの前に座り、引き出しからパスケースを手に取った。

その中から取り出したのは、一枚のポラロイド写真。

十年以上前に撮られたそれは、劣化を防ぐためにラミネート加工してある。

中には、十三歳の美琴が写っていた。昔から不安な時や自分を落ち着かせたい時、美琴は一人静かにこの写真を眺める。いわばこれは美琴にとってのお守りのようなものだった。

自分の写真を見て安心するなんて、人に言ったら笑われてしまうかもしれない。

でも美琴にとってこれは何ものにも代えがたい大切な一枚だった。

なぜならこれは拓海が初めて、そして唯一美琴を撮ってくれた写真だから。

美琴が十三歳、拓海が十七歳の時。拓海がシャッターを切っていたら、偶然美琴が写り込んでしまった一枚。たまたま撮れたそれを、以来美琴は宝物のように大事にしている。

……四年前に拓海と離れてからも、ずっと。

(昨日のお見合いは、本当にあったことなんだ)

拓海との再会、そして結婚。美琴は唇に指をあてる。キスの感触が、まだ残っていた。

（……初めて、だったのに）

ファーストキスに特別な夢を抱いていたわけではない。それでもまさか初めてのキスの相手が拓海だなんて——それもあんな形で訪れるなんて、いったい誰に想像できただろう。

「っ……！」

思い出されるのは、口の中をまさぐる舌の感触だった。

優しさなんて欠片《かけら》も感じられない、強引な口づけ。

合意のないキスなんて酷い行為だと思う。それでも写真を捨てる気にはなれなかった。

酷い、悲しいと思っても、嫌いとは思わなかった自分。

拓海にとって、あれは愛情から来た行為ではなく、美琴を黙らせるために取った手段にすぎない。

そんなの分かっているのに、どうしてこんなに胸がざわめくのだろう。

あんなのは、ただの唇の接触だ。だから深く考える必要はない。

美琴は、この婚約をなんとか破談にする方法だけを考えればいい。

（……忘れよう）

胸の痛みに気づかないふりをして、美琴は部屋を出た。


「お祖父様！」

足早にリビングに入ると、重蔵はちょうど食後のお茶を飲んでいるところだった。彼は湯呑《ゆのみ》をテーブルに置くと、入り口に立つ孫娘をじろりと睨《にら》む。

「朝からなんだ、騒々しい。昨日の醜態についての謝罪ならいらん、聞くだけ無駄だ。何度も言っているが、お前はもっと自分の立場を自覚しろ。酔っ払って潰れた上に眠ってしまうなんて、はしたないと思わないのか」

「酔っぱらう……？」

「違うのか。昨日お前を送った拓海がそう言っていたと聞いたが」

「ちがっ――」

反論しかけた言葉をぐっと呑み込む。納得はいかないけれど、強引にキスされて気を失ったなんてもっと言えない。

「……すみません、今後は気をつけます。お祖父様、昨日のことでお話があります。九条拓海さんとの結婚のお話は、なかったことにしてください」

「なんだと？」

その瞬間、重蔵の雰囲気が変わった。僅《わず》かに眉を寄せただけなのに、圧倒される。今までの美琴なら、この表情だけで心が折れていただろう。でも今回ばかりはそうはいかない。

ピリリと空気が引き締まる中、美琴は自《みずか》らを鼓舞するようにぐっと拳《こぶし》を握る。

「拓海からも聞かなかったか？　これは決定事項だ。なかったことにするなんてありえない。下らないことを言うな」

下らないこと。孫娘の結婚話を、祖父はそう言い切った。

「……お祖父様は、彼のことが好きではないと思っていました」

「その通りだな。今でも拓海個人に対する私の感情は変わらない」

「なら、どうして拓海さんなんですか？」

「優秀だったからだ」

重蔵ははっきりと告げる。

「もちろん、他にも候補はたくさんいた。だが誰を調べても、あの男がずば抜けて優秀だったのだから仕方ない。名門大学を首席で卒業、起業してから波に乗るまでのスピード。経営の知識や語学力も申し分ない。愛人の子であるのが最大の欠点だが、あれも一応は九条の人間。そこに目を瞑《つぶ》れば、貴文に次ぐのは拓海だった。だから結婚相手に選んだ。——これ以上の理由が必要とは思えないがな」

もしも、拓海が夢を諦めたのでなかったのなら、戸惑いながらもこの話を受け入れたのかもしれない。

でも現実は違う。たとえ拓海が柊を欲して自分の意思でこの結婚を受け入れたのだとしても、美琴は到底受け入れられない。この選択をしたら美琴は一生、彼の夢を奪った自分を許せなくなる。

「それでも……このお話はなかったことにしていただきたいんです」

祖父の意見に真っ向から対立したのは、これが初めてだ。子供だったこともあるが、母が追い出された時ですら美琴は黙って受け入れた。

そんな美琴を見て思うところがあったのか、重蔵は訝《いぶか》しむような表情をする。

「拓海では不服だというのなら、誰がいいと言うんだ。まさかあの山本とかいう男じゃないだろうな」

美琴ははっきりと言った。

「――拓海さん以外なら、誰でも」

駆け落ちに協力したのは美琴の意思。つまり、自分で婚約破棄を決めたようなものだ。

ならばその責めは自分が受ける。拓海を巻き込む必要はない。

「……ほう。お前は、拓海が嫌いか？」

重蔵は興味深そうに目を細める。この反応に美琴は戸惑った。既に決定事項だと強硬な姿勢だった祖父が、初めて見せた表情だったからだ。

(「嫌い」と答えれば、お祖父様は考え直してくれる……？)

ドクン、と心臓が嫌な音を立てる。嫌いなんて。

(そんなこと、ありえない)

拓海が欲しいのは柊の後継者としての立場。そのことを知っても……あんなふうに無理やりキスをされてもなお、長年こじらせた恋心は微塵《みじん》も揺るがなかった。自分でも戸惑うくらいに、微塵《みじん》も。

だから尚更、結婚は断らなければならない。好きだからこそ、余計に。

もしここで「嫌い」と答えることで、祖父が考え直してくれるのならば――

「……嫌い、です」

美琴は絞り出すようにか細い声で答えた。重蔵は更に面白そうに目を細める。

「お前がそんな風に感情を露《あらわ》にするのは初めてだな。いったい拓海の何が気に入らない？」

祖父が美琴の考えを聞いている。この珍しい状況に美琴は微《かす》かな可能性を見出《みいだ》した。だから、美琴は言った。

「拓海さんは、愛人の子です。そんな人が柊に相応《ふさわ》しいとは到底思えないからです」

嘘だ。そんなことを考えたことは一度もない。誰の子だろうと関係ない。拓海は拓海。美琴の大好きなたった一人の人だ。それでも、この結婚話を回避できるのなら美琴はいくらでも嘘をつく。

たとえそれが、自分の気持ちと正反対の言葉だったとしても。

「――だ、そうだ。お前も随分と嫌われたものだな、拓海」

美琴は目を見開く。次いで祖父の視線の先、自《みず》らの背後をばっと振り返る。

そこにはスーツ姿の拓海がいた。

「た、くみ……どうしてここに……全部、聞いて……？」

顔を青くする美琴をちらりとも見ず、拓海は重蔵と向き合った。

「私がいるのに気づいていてそんなことを聞くなんて、重蔵様もお人が悪い。これから少しずつ好きになってもらえるように努力しますよ。夫婦になれば一緒に過ごす時間も増えますからね」

「そうあってほしいものだな。例のものは持ってきたか？」

「もちろん。美琴さんに記入していただければ、後は提出するだけです」

重蔵は頷くと、美琴に自《みず》らの隣に座るよう促《うなが》した。しかし美琴は凍りついたように立ち尽くす。

嫌い、と。心にもない嘘を一番聞かれたくない人に聞かれてしまった。

拓海は何も気にしていないように柔和な笑顔を保ったままだ。しかしその目は美琴を見ようとしない。

(違うの。嫌いなんて、そんなこと一度も思ったことない)

(そうすれば断れると思ったから言っただけなの)

頭の中でもう一人の自分が言い訳をする。

「美琴、座れ」

再度、重蔵は促《うなが》す。美琴はふらふらと隣のソファに座る。すると、向かい側の拓海は胸元から一枚の紙を取り出してテーブルの上へと置いた。それを見た美琴は、ぱっと顔を上げる。

反射的に立ち上がろうとする美琴を、重蔵は厳しい一瞥《いちべつ》で止めた。

「『座れ』と言ったのが聞こえなかったのか?」

「でもお祖父様、これはっ……!」

「見ての通りだ。必要なところは全て埋めてある。お前が署名すれば完成だ」

淡々と続ける重蔵と、それを感情の読めない笑顔で見守る拓海。慌てているのは美琴ただ一人。

でもこれは当たり前の反応だ。こんな状況に陥《おちい》ったら、誰だって冷静でなんていられない。

テーブルの上に広げられたのは、一枚の婚姻届。

「拓海!」

あなたは本当にこんなことを望んでいるの?

せっかく夢を叶えたのに、諦めてしまっていいの?

美琴はたまらず顔を上げて……今度こそ、言葉を失った。

「ああ、書くものがなかったな。どうぞ、これを使って」

胸元からペンを取り出した拓海はやはり笑顔だ。しかし美琴には分かった。

彼は怒っている。しかも、相当に。その証拠に彼の目だけが笑っていないのだ。

「そういうことじゃっ――」

「美琴、いい加減にしろ！　いつまでも駄々をこねるな。私は忙しい。これ以上無駄に割く時間はない。理解できたのならさっさとそれを書くんだ」

駄々。無駄なこと。重蔵は孫娘の結婚をはっきりとそう言い切った。

この瞬間、美琴の体から力が抜けた。

（……分かっていたはずなのに）

重蔵にとっての美琴は、柊の人間であること以上の価値はない。しかしこんな時にまでそれを突きつけられるなんて。

（もう、逃げられない）

美琴はペンを取ると、震える手で署名したのだった。


「――確かに。これで私も柊の人間ですね。これからよろしくお願いいたします、重蔵様」

「ふん。よろしくなどせんでもいい。柊の跡継ぎとしての自覚を持って行動すれば何も言わん。婿養子になったとはいえ、必要以上に関わるつもりはない」

「……承知しました」

「私は今から出社する。拓海、お前も一緒に来い。会社の者たちとの顔合わせもある」

「私は婚姻届を提出してから出社します。今後のことについて美琴さんと決めないといけないこともありますしね。午後の取締役会までには必ず出社しますよ」

「……この会議でお前を正式に柊商事の新社長に任命する。絶対に遅れるなよ」

その言葉を最後に重蔵は腰を上げる。次いで立ち上がった拓海が深く頭を下げる前を通り、重蔵は出て行った。バタン、とリビングの重厚な扉が閉まる。

重蔵はソファに座り込む美琴に一瞥《いちべつ》もくれなかった。残されたのは、拓海と美琴の二人きり。

「美琴」

名前を呼ばれて顔を上げる。

「一日ぶりだな。気分はどうだ？」

「……最悪だよ」

「そうか。俺は最高の気分だよ。これでやっと全てが手に入るんだから」

拓海がどうしてそんなに普通にしていられるのか、分からない。

「昨日再会して、今日婚姻届を提出するなんて……」

現状を受け止めきれない美琴を見て、拓海は薄く笑《え》んだ。

「当たり前だろ。全部、計画なんだから。今日だって早く来て良かった。ジジイに泣きつくだけ無駄だったな。言っただろう、『逃がさない』って」

作り物めいた笑顔が、怖い。

美琴の知る拓海はこんな風に笑う人ではなかった。

(これは、誰？)

笑顔自体が珍しい方だったけれど、微笑む時はいつだって自然だったのだ。

「新居は用意した。俺個人が所有しているマンションだ。引っ越しは一ヵ月後。業者は優秀な会社を手配したから、美琴は持っていくものを指示するだけでいい」

「引っ越し……？」

「本当なら、今すぐにでも新居に連れて行きたいくらいだけどな」

あいにく多忙でそれは叶わないのだ、と拓海は肩をすくめる。

「新社長就任と同時に九条家の当主代行になることも決まって、慌ただしいんだ」

「当主代行って……おじさまは？」

九条光臣。拓海や貴文の父親で、九条家現当主だ。

「兄貴の駆け落ちの責任を取って引退することになった。順番で言えば後を継ぐのは弟の礼だが、礼はまだ十五歳。だから、礼が成人するまでは俺が代理として九条家を管理することになったんだ。これも、柊家の人間になったからこそ許されたことだ」

「っ……！」

柊家に婿入りすることで、拓海は実質的に九条家で絶対的な立場を得た。

やはりこの結婚も美琴も、拓海にとっては道具でしかないのだ。

「とにかく、それの引継ぎもあってしばらくは忙しい。でも一ヵ月もすれば落ち着くはずだ。そうしたら、迎えに来るよ」

まるで決定事項のように拓海は話を進める。しかし美琴にとっては寝耳に水だ。

「……お願い、待って。全部が急すぎるよ」

「言っただろ、計画だって。これを出したら俺たちは晴れて夫婦だ。住む環境は整えた。後はお前が来るだけだ。——今更、悩む暇なんか与えるかよ」

拓海が美琴に見せたのは、記入したばかりの婚姻届。

美琴の体は考えるよりも先に動いていた。拓海の手にあるそれに向かって手を伸ばす。

「それ、返してっ……！」

「おっと」

ひょいっと高く上げられてしまった婚姻届が、美琴の指先をかすめた。

「これをどうするつもりだ？」

「どうって……破って捨てるよ！」

「なら、余計に渡すわけにはいかないな。なんたってこれは、大事な大事な婚姻届なんだから」

「拓海、お願いだからふざけないで——きゃあっ！」

なんとか奪おうと今一度伸ばした手を拓海が引っ張ると、体ごと美琴をソファの上に押し倒した。

「『ふざけるな』だって？　昨日も言ったが俺は本気だよ、美琴」

拓海は片手で美琴の両手首を掴《つか》むと、頭の上に押し付ける。

「どんなに俺を嫌っていてもな。……そういえば、お前に『愛人の子』って言われたのは初めてだな」

「あ……」

「お前も俺のことをそういう目で見てたんだな」

言いながらも拓海の行動と表情は噛み合っていない。美琴を見下ろす拓海は薄《うっす》らと笑っていたのだ。

貼り付いたような笑顔は、やはり拓海らしくなくて不気味だ。

わざとらしいほど明るい笑《え》みは誰かを真似しているよう。そう、まるで——貴文のような。

「待って、違うの！　あれはっ……ああ言えば、お祖父様が結婚を考え直してくれると思ってっ……酷いことを言ってごめんなさい、本当は『愛人の子だから』なんて思ってない！」

「あれだけはっきり言っておいて、何を今更。ごまかさなくていい。第一、本心だろうがなんだろうが、結婚したくないくらい俺を嫌いなのは本当だろ？　でも残念だったな。どれだけお前が俺を嫌っていても逃がしてやらないよ」

そう吐き捨てる拓海の作り笑顔を見て、美琴は悟った。

美琴が何を言っても、「嫌われている」ことは拓海にとって確定事項なのだ。多分、最後の決め手は先ほどの美琴と重蔵のやり取りだろう。全てを聞かれた以上、今更美琴が何を言っても拓海には——

（……届かない）

美琴の言葉は、絶対に。それを理解した瞬間、全身から力が抜けた。

「……離れて、拓海。こんな体勢じゃなくても話はできるよ」

「せっかくの良い眺めなのに、どくわけがないだろう？　いつかとは逆だな。あの時は俺が下でお前が上だった。相変わらず雷は苦手なのか？」

美琴ははっとする。

「覚えているの……？」

「当たり前だろう。お前とのことなら全部覚えてる。初めて会った時にした会話も、お前の表情も、全て。……忘れるわけない」

拓海との出会い。土砂降りの雷雨の中で共に過ごした時間。それらは美琴にとってかけがえのない思い出だ。それを拓海が覚えていてくれるなんて……それを嬉しいと思った直後だった。

そんな美琴の心を打ち砕くように、拓海は掴《つか》んだ手に力を込めた。

顔を顰《しか》める美琴を拓海は笑顔で見下ろす。仄暗《ほのぐら》ささえ感じる微笑に、嫌な予感が背筋を走った。

「あの時の俺が何を考えていたか、教えてやろうか？」

「たく、み……？」

「――こうしてやりたいと思ってたんだよ、美琴」

直後、美琴の唇は拓海のそれに覆われた。

目を見開く美琴を嘲笑うかのように、拓海の舌が美琴の舌を搦《から》めとる。

「んっ、ふぁっ……」

反射的に舌を引っ込めても簡単に捕らわれる。昨日と同じような――それ以上の激しさで拓海は美琴を蹂躙《じゅうりん》した。歯列をなぞり、舌先をちゅっと吸われるたびに背筋を何かが走り抜けて、美琴はそれから逃げようと身をよじる。

拓海は美琴を黙らせるようにいっそう口づけを深めていった。かと思えば、息苦しさから口を開く美琴の唇を優しく食《は》んで――緩急ついたそれに、美琴はただただ翻弄《ほんろう》される。

(こんなの、いや)

雷の日。拓海はどこまでも優しかった。子供のように泣く美琴を黙って抱きしめてくれたのだ。

あの思い出を、優しさを偽物にしないで――

「っ!」

がり、と鈍い音がする。小さな声と共に拓海は唇を離した。美琴が、拓海の唇を噛んだのだ。

拓海の唇に薄《うっす》らと血が滲《にじ》む。逃げるためとはいえ、怪我をさせるつもりはなかったのに。

「あ、ごめ――」

「……いてえ」

美琴は目の前の拓海に目を奪われていた。もともと整った顔立ちだが、怪しい笑《え》みを浮かべて唇をぺろりと舐める様《さま》は、ぞっとするほど美しかったのだ。

「兄貴の時も、こんな風に抵抗したのか?」

「え……?」

「そんなことあるわけないか。兄貴はいつだって優しいからな。なあ美琴、教えてくれよ。兄貴は、どんな風にお前に触れたんだ？」

どうしてそんなことを聞くのか分からない。言葉を失う美琴に拓海はゆっくりと続ける。

「……やっぱり、答えなくていい。聞いたら最後、兄貴を殺したい気分になるから」

物騒な言葉にひゅっと息を呑む。拓海はそんな美琴の両腕を左手で拘束したまま、右手で美琴の頬に触れた。その手はゆっくりと首筋、鎖骨へと下っていく。

「拓海⁉」

戸惑う美琴を無視して、その手は胸に触れた。服の上からでもはっきりと分かる柔らかなそれを、拓海の大きな手のひらがやんわりと揉む。

「あっ！」

初めて触れられたその感覚に、自分でも驚くくらいの甘い声が出てしまう。すると拓海はそれに気をよくしたように、ふっと唇の端を上げた。

「エロい声」

「そんなことっ、ぁ」

口では否定しても、柔らかさを確かめるように強弱のついた手つきに無意識に腰が動いてしまう。

「やめて、リビングでこんなことっ！」

「ここじゃなきゃいいのか？」

拓海は耳元で囁《ささや》くように言う。からかわれていると分かっていても、耳朶《じだ》を震わせる低い声色にぞくりとした。それに気づいたように拓海は耳たぶを食《は》む。

「あっ……！」

「いやらしいな、美琴は。耳でも感じるのか」

言っている最中も彼の手は胸を揉んだままだ。唇で耳を、両手で胸を弄《もてあそ》ばれる。

抵抗したくても次々に訪れる初めての感覚に、美琴はいやいやと首を振るので精いっぱいだった。

それを嘲笑うように拓海はぺろりと美琴の首筋を撫でた。溶けたアイスクリームを舐めとるようなその舌使い。

（こんなの、嫌なのにっ……！）

昨日、初めてキスされた時以上の感覚が体中を駆け回る。

くすぐったいのに、それだけじゃない何か。異性経験がなくても分かる、この感覚は――

（感じたくなんか、ないのに）

せめて声だけは聞かれないようにと、美琴は唇をきゅっと噛んで耐えようとする。しかし拓海はそれさえも許してくれなかった。

「噛んだら駄目だろ、傷がつく」

拓海は耳元で窘《たしな》めるように言うと、服の上から美琴の胸の頂《いただき》をきゅっと摘まんだ。

「あっ……！」

堪《こら》えきれなかった嬌声《きょうせい》がリビングルームに響いた、その時だった。

「お嬢様、いかがなさいましたか？」

トントン、と廊下へ続く扉がノックされる。

「っ！」

声の主《ぬし》は、矢島妙子《やじまたえこ》。長年柊家の家事を担《にな》ってくれているお手伝いさんだ。

（こんなところを見られたら！）

美琴は扉から拓海にばっと視線を移す。

さすがにどいてくれるだろうと思ったのに、あろうことか拓海は、胸を弄《もてあそ》んでいた右手を下半身へと動かした。そして美琴のスカートの裾をめくり、太ももの内側から這うように上へ滑らせる。

「やめっ！」

「……お嬢様？」

矢島の訝《いぶか》しむ声がしたと同時に、拓海の指先が下着に僅《わず》かに触れた。

「やっ……そんなどこ、だめっ……！」

小声で必死に抵抗する美琴を、拓海は笑顔で見下ろした。

「濡れてる。服の上から触っただけでこんなに濡れるなんて……『お嬢様』がこんなにいやらしいって知ったら、矢島さんはどんな反応をするだろうな？」

「なにを、言って……」

「静かにしないと美琴の可愛い声が聞こえるぞ？　今は鍵をかけているが……ああ、いっそのことこちらから扉を開けて見せてやろうか。俺は構わないけど」

冗談を言っているようには見えなかった。拓海は、本気だ。

「美琴の可愛い姿を見てもらうか、ごまかすか。どうする？」

美琴は体を震わせながら、懇願するように拓海に言った。

「静かに、するから……見られるのは、嫌……」

その答えに満足したように、拓海はふっと笑う。

「なら、自分でなんとかするんだな」

愛撫をやめてくれると思った美琴は愕然とする。拓海はそれを見てふっと笑うと、親指で下着をくいっと押した。

「あんっ……まっ……！」

「お嬢様！」

矢島の声に焦りが滲《にじ》む。スペアキーを持っている彼女なら開けることができる。美琴は今一度拓海を見るが、彼は妖しい笑《え》みを湛《たた》えて指をばらばらと動かすだけだ。下半身から伝わる甘い刺激に息を乱しながら、美琴は必死の思いで言った。

「矢島、さん……なんでもないの、大丈夫だから……っ、ぁ……」

「お嬢様、本当に大丈夫ですか……？」

「う、ん。久しぶりだから、話が盛り上がって……笑いが止まらなくて……心配させて、ごめんね」

念を押すと、矢島は「分かりました」と答えた。足音が次第に遠ざかった頃、拓海はようやく指の動きを止める。

「酷い……どうして、こんなこと……」

「その割には、ここは喜んでたみたいだけど」

彼は息を乱す美琴の髪にキスをすると、ソファに横たわったままの美琴を抱き起こして深く座らせ――その場に跪《ひざまず》いた。

「拓海……？」

「誰がこれで終わりだと言った？　本番はこれからだ。お前もこのままだと辛いだろ？」

「きゃっ！」

美琴の前に座り込んだ拓海は、不意に彼女の両足を横に開く。ただでさえ乱れていたスカートがしどけなくめくれ上がり、濡れた下着が拓海の目の前に晒《さら》された。

まるで自《みず》ら拓海に見せつけているような、その恰好。

「やだっ！　恥ずかしいよ、拓海、お願いだから……！」

太ももにぎゅっと力を入れて閉じるより前に、拓海の体が強引に割って入る。直後、彼の右手がしっとりと濡れた下着の上をつう、となぞった。

「何を――あっ……や、ぁっ……！」

反射的に腰を浮かせる美琴をなおも追い詰めるように、拓海は何度も指を滑らせる。くちゅ、という粘着音が耳に届き、体の奥が燃えんばかりに熱くなった。

「嘘つきな口と比べて体は正直だな。その証拠にほら、こんなに濡れてる」

「そんなことなっ……ああっ！」

いやいやと首を振る美琴を弄《もてあそ》ぶように、拓海は自《みず》らの指をゆっくりと這わせ……次の瞬間、下着の内側にするりと滑り込ませた。途端に甘い痺《しび》れが背筋を駆け抜ける。たまらず体を跳ねさせる美琴に、拓海はふっと笑った。

「ゃ……そんなとこ、だめっ……！」

自分でも触れたことのないそこに、拓海が直接触れている。

恥ずかしさと初めての刺激に頭がどうにかなりそうだ。頭では抵抗しなきゃと思うのに、初めての刺激の連続に体が言うことを聞かない。もどかしいような、くすぐったいような感覚に太ももがぴくぴくと震える。しかし拓海が動きを止めることはなかった。愛液を纏《まと》わせて、じらすようにこねくり回された後、彼の親指がつぷん、と陰核を押す。

「あっ……！」

このままでは、おかしくなってしまう。

「そこ、ゃだぁ……」

「辛いか？」

虚勢を張ることももうできない。こくこくと頷く美琴に、拓海は「分かった」とにんまりと笑う。

ようやくこれで終わる――そう思った時だった。

「なっ……やだ、拓海！」

拓海が美琴の下着を足から取り払ったのだ。拓海は、何も隠すものがなくなった美琴の秘所を食い入るように見る。

「……綺麗だな。それに、いやらしい。つるつるだ」

拓海はほとんど毛の生えていないそこをさらりと撫でる。かあっと美琴の頬が染まった。

「いや、お願いだから見ないでっ」

美琴は昔から体毛が薄く、両手足は脱毛する必要がないほどだ。そしてそれは、秘部も同様だった。自分で処理したわけでもないのに、ほとんど毛の生えていないそこが、昔からコンプレックスだったのに。

「どうして？　最高じゃないか。いやらしいところがよく見える」

「……恥ずかしいよぉ……」

「誘うようにひくひくしてる。こんなに蜜を滴《したた》らせて……見ろ、ソファまで濡らしてる」

そんなの見たくない。お願いだから顔をどかしてほしい。そんな願いを裏切るように拓海の顔が近づいてきて――びっしょりと濡れたそこを、ぺろりと舐めた。

「――っ……！」

ビクン、と体が跳ねる。その反応を楽しむように、拓海はちゅっとそこに口づける。彼はちらりと上目づかいで美琴を見ると、見せつけるように己《おのれ》の舌先をちらりと覗かせた。

目の前の光景に頭がくらくらした。現実として受け止めるには、衝撃的すぎたのだ。

「お願い、やめてっ……」

「ここは、もっと触ってって言ってるけど。美琴は嘘つきだな」

じゅるり、と淫靡《いんび》な音を立てて、拓海の舌が陰核に吸い付く。

「あっ、ん、ゃだあ……！」

どんなに制止しても拓海は止めてくれない。彼の舌はまるで生き物のように美琴の秘部を動き回る。ちゅっと吸いついたかと思えば、息を吹きかけられる。そのたびに美琴の体は大きく跳ねた。

体の中心が熱い。自分の内側から何かが湧き上がるような感覚がする。

嫌なのに。こんなの止めてほしいと思っているのに。感じてしまう自分の体を御しきれない。

「見ろ。お前の前にいるのは兄貴じゃない、俺だ」

そんなのは当然なのに、拓海がなぜそんなことを言うのか分からない。生理的な涙の浮かんだ目で見下ろす美琴に、彼は甘く囁《ささや》いた。

「俺の名前を呼べ。そうしたら、すぐに楽にしてやる」

逃げたい。お願いだからもう、この先の見えない快楽から解放されたい。今はそれしか考えられない。

だから、言った。

「たく、み……拓海っ……！」

「――良い子だ」

その甘えるような声に、拓海はにやりと笑うと、陰核を優しく食《は》み――吸い付いた。

「あっ……！」

敏感な部分にじゅるり、と舌が這う。その瞬間、美琴の腰がびくんと跳ねた。

（これ、ゃっ……！）

体の内側がカッと熱くなるような感覚。直接的な甘い刺激に美琴は本能的に身をよじるけれど、拓海の体がその邪魔をする。大きな手のひらは美琴の太ももを掴《つか》んで放さない。それどころか、逃げようとする美琴を窘《たしな》めるように、柔らかな太ももをやんわりと揉みしだく。

その間も、彼の舌先はコリコリと陰核を弄《もてあそ》んだ。

「本当にいやらしいな。美琴のここ、どんどん大きくなってる。それに……熟《う》れたみたいに真っ赤だ」

そんなの知らない。

お願いだから言わないで。

そう伝えたいのに、次から次へと押し寄せる刺激で言葉は嬌声《きょうせい》へと変わってしまう。

「もう、やめてっ……！」

ダメだ。

このままじゃ、頭がおかしくなってしまう。

何かが、来る。

「拓海っ……！」

たまらず名前を呼ぶ美琴に応《こた》えるように、拓海が今一度陰核に激しく吸い付いた、その時だった。

体の中心が燃えるように熱くなり、激しすぎる快楽に目の前が真っ白に染まり——何かが、弾けた。

「あぁっ……！」

美琴の体は大きく跳ねた後、脱力する。

（な、に……？）

自分が自分でなくなってしまうような感覚だった。指先まで甘く痺《しび》れていて、動けない。拓海はそんな美琴の服の乱れをさっと直すと、美琴の上半身を抱き起こした。

「どうして、こんなことをするの……？」

柊が欲しいから美琴と結婚する。書類上だけの関係ならば、こんなことをしなくてもいいのに。

「決まってる。お前のことが大好きだからだよ」

震える声で問えば、拓海はこの上なく嬉しそうな笑《え》みを浮かべて言った。

「……嘘つき」

涙が美琴の頬を濡らす。拓海にとってはなんてことない言葉でも、美琴にとってはこれ以上残酷な嘘はない。そんな美琴に、拓海は薄く笑った。

「お前がそう思うならそれでいいさ」

今までとは違う、切ないようなその笑顔。

「これで分かっただろう？　俺はお前を逃がすつもりはない。今日婚姻届を提出したら俺たちは夫婦だ。俺は書類上だけの結婚なんてする気は毛頭ない。お前の体に嫌というほど俺のことを刻み込んで、離れられないようにしてやる。その代わり、美琴。お前の願いはなんでも叶えると約束するよ。でも、俺を拒否することだけは許さない。逃げようとすることも、絶対に」

拓海は胸元から何かを取り出すと、力なく座り込む美琴の首にさっとつけた。

カチッと鍵がかかるような音がする。

「なに、これ……？」

不意につけられたのは、金のチョーカー。戸惑う美琴に拓海は笑《え》む。

「愛する妻に夫から初めてのプレゼント。綺麗だろ？　ペンダントトップはダイヤモンド。美琴の誕生石だ。繊細な造りだからどんな服にも似合うし、防水加工してあるから二十四時間つけていても問題ない」

「……いらない。ほしくない」

愛する、なんて冗談でも言われたくなかった。美琴はすぐにチョーカーを外そうとするが、金具をいじっても一向に外れない。

「ロックがかかってるから無駄だ。キーは俺のスマホにしか入ってない。お前のためだけに作った一点物だよ。ペンダントトップにはＧＰＳ機能が内蔵されている。これで俺は、お前がどこにいるかいつでも確認できる。壊して無理やり外そうとしても無駄だ。外れたらすぐに俺に通知が来るようになっているからな」

「どうして、そこまで……」

「決まってる、外れないようにするためだ」

「そんな……やだよ、取って！」

「お前の願いは聞くと言ったけど、それは無理だな」

美琴はチョーカーに触れる。首輪みたいだ、と思った。

（こんなのは、いや）

造り自体は華奢《きゃしゃ》だから、無理をすれば外せないことはなさそうだ。

怪我をするのは怖いが、工具を使ってどうにかできれば——

「下手なことは考えない方がいい」

チョーカーに触る美琴に、拓海は余裕のある声で言った。

「お前の力では壊れない。万が一そんなことをしたら……どうなるか、あまり考えたくはないな」

美琴はぴたりと手を止めて拓海を見る。

「……外したら、どうするつもりなの？」

拓海は嫣然《えんぜん》と笑う。

「その瞬間から、お前の口座を凍結する手続きを取る。当然、涼風学園への寄付も打ち切りだ」

「なっ……！　そんなのできるわけない！」

「できるんだよ、俺には。今日の取締役会で、俺は正式に柊商事の社長に就任する。それに伴ってジジイから引き継ぐ事業や役職の中には、複数の慈善団体がある。涼風学園はその傘下《さんか》だからな」

拓海ははっきりと言った。

「これからはお前の役員報酬も配当金の管理も俺が行う。——だから無駄なことはするなよ」

「私を監禁するつもり……？」

「勝手な行動は慎《つつし》んでくれと言っているだけだ」

涼風学園の子供たちや百合子の笑顔が浮かぶ。

あれが奪われるようなことだけは、あってはならない。

「……外さないと約束します。だからお願い。寄付を打ち切ることだけは、しないで」

「理解してもらえたなら、それでいい。――そうだ、これを渡しておく」

彼は胸元からスマートフォンを取り出すと、テーブルの上に置く。

「これは、俺との連絡専用のスマホだ。外出する時は必ず事前に連絡しろ。一緒に暮らし始めるまでの間、俺の許可なく一人で出かけることは許さない」

「どうしてそこまでするの……？　第一、私だって仕事があるのに――」

そのたびに連絡しろというのか、と問うと、拓海は目をすっと細める。

「仕事は退職済みだ。だからもう働く必要なんてないんだよ、美琴」

今度こそ、美琴は返す言葉を失った。

(退職……？)

涼風学園の経営母体は柊グループ。そして拓海はその新社長。ならば職員一人の扱いくらいどうにでもできるのだろう。

(でも、こんなことって)

あんまりだ、と思った。同時にあることに気づく。

働き始めて三ヵ月だけれど、涼風学園で過ごす時間は美琴にとってかけがえのないものとなりつつあった。それを取り上げるなんて酷い、と思う。でも同じことを……否、それ以上のことを美琴はしてしまったのだ。なぜなら自分は、彼の長年の夢を奪ってしまったのだから。

(そんな私が、拓海を酷いなんて言う資格は、ない)

それでもやはり、ショックは隠せなくて。

「……こんなのおかしいよ」

たまらず気持ちが溢《あふ》れた。

声が震える。美琴の知る拓海は、こんな風に人の弱みを握って脅《おど》すような人間ではなかった。

「拓海、どうしちゃったの……？」

震える声で問う美琴に、拓海は薄く笑《え》む。

「どうしてって、何が？　俺はもともとこういう人間だよ。お前が知らなかっただけだ」

項垂《うなだ》れる美琴の首を拓海はすっと撫でる。

「そのチョーカー、似合ってる。美琴は肌が白いからダイヤモンドがよく映えるな」

拓海は青ざめる美琴の首に――首輪のようなチョーカーをずらし、きつく吸い付いた。

ちくっとした痛みの後に付いたのは、はっきりとしたキスマーク。

「結婚式は盛大にやろう。ウェディングドレス姿のお前は誰よりも綺麗だろうな。新婚旅行はどこに行こうか。美琴の行きたい場所を選べばいい」

「必要ない。結婚式なんてしたくないし、ドレスも着なくていい」

いったい誰に見せるというのだ。拓海はこれをプレゼントと言ったけれど、実際は違う。これは……首輪だ。こんな首輪で繋《つな》がれた夫婦なんて――主従関係のような二人を祝う式なんて、いらない。

(だって私は、拓海のことが本当に好きなんだもの)

既に心は偽《いつわ》っている。たとえふりだけだとしても、神様に永遠の愛を誓うことはできない。

「新婚旅行も必要ない。……何も、いらない」

消え入りそうな声で、しかしはっきりと美琴は言った。

「……お前がそう望むのなら、そうしよう」

拓海は淡々と答える。

「だが、お披露目の意味を込めたパーティーは開かせてもらう」

「パーティー？」

「お前と結婚したのは俺だということを広く知らしめる必要があるからな。愛人の子である俺は昔から社交界では爪弾《つまはじ》きにされてきた。兄貴がいた頃はそれでも良かったが、柊に婿入りする以上そうはいかない。舐められたままじゃこれから何かと面倒だ。そのためにも、大々的に俺とお前の関係を周知させる必要がある」

美琴は幼い頃から祖父と様々な集まりに参加していた。個人的な繋《つな》がりがある人間はほとんどないが、それでも政財界や芸能界など各界問わず顔見知りは多い。

「名実共に柊グループを手に入れるためには、お前の存在が必要不可欠なんだよ、美琴」

美琴はそのために必要な駒にすぎないのだと、そう言われている気がした。

「パーティーの詳細はまた改めて伝える。難しいことなんて何もない、美琴はただ俺の隣で笑っていればそれでいいさ」

笑う、なんて。それこそが今の美琴には一番難しい。

美琴は返事をする代わりに頷いた。もう何も話したくなかったのだ。

黙り込む美琴に拓海は深くため息を吐く。

「だんまり、か。……早く仕事を片付けて迎えに来るよ」

拓海は最後に美琴の頬にキスをすると出て行った。美琴は見送ることもしなかった。

涙は、既に乾いていた。

Ⅳ

あの日から一ヵ月が過ぎた。この間、美琴は一度も外出していない。拓海に事前に連絡をすることを考えると、出かける気分には到底なれなかったのだ。

一方、結婚を未だ受け止めきれない美琴をよそに、引っ越し作業は滞《とどこお》りなく終わった。

荷物は全て新居に運ばれ、後は夕方の拓海の迎えを待つばかりだ。

(拓海が、私の旦那さん)

現実味がまるでないのは仕方ない。なぜならこの一ヵ月、拓海の顔を見ることはおろか声も聞いていないからだ。この間、拓海から連絡が来たのは一度だけ。

『婚姻届は提出した。一緒に暮らせるのを楽しみにしている』

たった一言のメール。それだけが、美琴と拓海が夫婦になったことを示していた。

この結婚に、愛はない。

少なくとも、拓海は美琴の愛なんて望んでいない。

彼が求めているのは、柊における確固たる地位。美琴は、それを強固にするための道具にすぎない。このチョーカーも、愛情から来る束縛ではなく美琴が逃げないための鎖だ。

連絡がないのもきっと、お飾りの妻に必要以上構う必要はないということだろう。

でも、一つだけ理解できないことがある。

(……どうして、あんなことをしたの？)

噛みつくようなキス。美琴の体を容赦なく揉みしだいた大きな手のひら。そして、下着の中を暴《あば》いた舌の感触。美琴の太ももの間に顔を入れ、何度嫌と言っても離れてくれなかった拓海が浮かぶ。

あんなの、裸になるよりも恥ずかしい。

美琴だって、子供はコウノトリが運んでくると信じているほど箱入りではないつもりだ。

実体験こそないものの、性知識は人並み程度にはあると思う。

でもあんなところを舐められるなんて考えたこともなかった。

思い出すたびに体の芯がジンと熱くなって……今もまだ、触れられた時の感覚が鮮明に残っている。

「――お嬢様、よろしいですか？」

その時、不意に自室のドアをノックされた。

「は、はい！　今開けます！」

急いでドアを開けると、そこにいたのはお手伝いの矢島妙子だった。

今の今まで拓海とのことを思い出していたから、なんとなく気まずい。

「妙子さん、どうしたの？」

「これからお菓子を作ろうと思うのですが、久しぶりに一緒にいかがですか？」

「お菓子……？」

「ええ。良い紅茶の茶葉をいただいたので、パウンドケーキでも作ろうかと思いまして。拓海さんがお迎えにくるまで、まだ時間はありますでしょう？　旦那様もいらっしゃいませんし……ね？」

茶目っ気たっぷりに笑う矢島に、美琴は戸惑いながらも頷いた。

矢島妙子は、もともと美琴の父親・柊道継《ひいらぎみちつぐ》の教育係として雇われた女性である。

美琴の祖母――重蔵の妻にあたる――はもともと体が弱かったらしく、道継を産んで間もなく亡くなっている。そんな彼女の代わりに道継のお世話係兼教育係として選ばれたのが、柊家の遠縁である矢島だった。彼女もまた若くして夫を事故で亡くしており、勤め先を探していたらしい。

そんな縁もあり、矢島は三十年以上の長きにわたり柊家に勤めていた。

柊家には専属の料理人、庭師、清掃係……と使用人が数多くいるが、重蔵はもともと、仕事以外で傍に人を置くのを好まない。矢島は、そんな重蔵が認めた数少ない人間の一人だった。

今では重蔵と美琴の身の回りの世話を担《にな》っている。生まれた時から一緒にいたこともあり、美琴にとってはお手伝いさんというより家族のようなものだ。

「良かった、上手に焼けましたね。良い香りだわ。さ、せっかくですし出来立てをいただきましょ！」

妙子はキッチンの一角にあるテーブルにてきぱきと食器を並べ始めた。出来立てのケーキの甘い香りも、淹《い》れ立ての紅茶も食欲をそそられる。

「やっぱりお菓子作りはお嬢様には敵《かな》いませんね。このクッキー、とっても美味《おい》しいわ」

「ケーキもクッキーも、作り方を教えてくれたのは妙子さんだよ？」

「私は基礎を教えただけですよ。最近はご無沙汰でしたけれど、お嬢様が小さい時は毎日のように一緒に料理をしましたね。……若奥様と一緒に」

「あ……」

矢島が若奥様と呼ぶのは一人だけ。美琴の母親だ。

「若奥様もお料理がとても上手でしたね。旦那様に隠れて、若奥様とお嬢様と私の三人でよくお料理をしたのを昨日のことのように覚えています。お嬢様もずっとにこにこ笑っていて、本当に楽しい時間でした」

重蔵は、美琴の母親が台所に立つことを嫌ったらしい。一方、一般家庭出身の母親は、料理は料理人がするものだという常識になかなか慣れることができなかった。

もともと料理好きなこともあり、窮屈そうにしていた母親にそっと手を差し伸べたのが矢島だ。

彼女と母親は重蔵がいない時にこっそり料理を作り、やがて美琴もそこに加わった。

その輪に時折父親が加わって、秘密のお茶会をしたこともある。

今はもう遠い、大好きだった家族団らんの思い出。

その時の影響もあり、美琴は実は料理好きだ。しかし高校生の頃、たまたま矢島のいない時に軽食を作っているところを重蔵に見られてしまった。使用人の真似事などするなと酷く叱られ……以来、料理からはずっと遠ざかっていたのだけれど。

「……ありがとう、妙子さん。お菓子作りなんて久しぶりだったけど、すっごく楽しかったよ」

「私も久しぶりにお嬢様とお料理ができてとても楽しかったです。少しは気分転換になりました？その、ご結婚が決まってから、ふさぎ込んでいらっしゃるように見えたので……」

矢島は眉尻を下げる。

「私に何かできることはありませんか？　お話を聞くくらいしかお役に立てないかもしれませんが……それでも、なんでもおっしゃってくださいね」

彼女は温かな眼差しで美琴を見つめる。突然料理に誘われた時は驚いたけれど、矢島の意図がやっと分かった。彼女は美琴を心配してくれたのだ。

その気持ちが嬉しくて、同時に素直に相談できないことが申し訳なく思う。

(でも、言えるわけない)

心配しているのを知った上で、この結婚は形だけなのだ、なんて。

「……大丈夫だよ、妙子さん。その、急な話だったから気持ちがついていかないだけで、悩んでいるとかじゃないの」

心配かけてごめんね、と微笑むと矢島はほっとしたように胸をなでおろした。

「結婚前は色々と不安になるものですものね。そういえば、私もそうだったわ」

「妙子さんも？」

「ええ。私と主人もお見合い結婚だったので、初めのうちは色々苦労しました。昨日まで他人同士だった二人が一緒に暮らすんですから、当たり前ですよね」

懐かしい日を思い出す様に、矢島は薄く笑《え》む。

「喧嘩《けんか》も沢山しました。泣いて、怒って……。今思えば大した理由じゃなかったのに。主人とあんなに早くさよならをすると分かっていたら、喧嘩《けんか》なんてしなかったのにって、何度も思いました。でも後悔しても遅いんですよね。それに喧嘩《けんか》は悪いことばかりじゃないんです。沢山喧嘩《けんか》して、すれ違って、同じくらい一緒に笑って……きっと、家庭ってそうやって作っていくんでしょうね」

私は途中で終わってしまったけれど、と妙子は目を細める。

「でも、お嬢様なら大丈夫です。だってあなたは私の自慢のお嬢様なんですもの。……どうか素敵なご家庭をお築きください。後悔の残らないよう、日々をお過ごしください」

美琴を見つめる矢島の眼差しは温かい。まるで母親のようだ、と美琴は思った。

「あら、もうこんな時間」

時刻は午後五時。あと一時間もすれば拓海が迎えにやってくる。美琴は顔が強張《こわば》りそうになるのをぐっと堪《こら》えて片づけを始める。その最中、矢島がぽつりと言った。

「お嬢様がご結婚なんて、まだ不思議な感じがします。生まれた時から知っているのに……私も年を取るはずですね」

しみじみと言う矢島の目の端が一瞬キラリと光ったのを見て、途端に切なくなる。

「いつでもお顔を見せに来てくださいね。私はいつでもお嬢様の味方ですよ」

結婚して引っ越すということは、帰る家がここではなくなるということ。そして新しい家には矢島はいない。今になって初めて、「おかえり」と当たり前のように言ってくれたことへの感謝の気持ちが湧き上がる。

「……ありがとう、妙子さん」

この日食べたケーキの味も、紅茶の香りも、美琴はこの先ずっと忘れないだろう。


一時間後。迎えの車から降りてきた人物を見るなり、美琴は驚いた。

「初めまして、社長秘書のソフィア・ミラーと申します」

美琴を迎えに来たのは拓海ではなく、迫力の金髪美女だったのだ。輝くようなエメラルド色の瞳に背中になびく金髪の巻き毛。体の線がピッタリと浮き出る白のスーツにハイヒールは、まさにキャリアウーマンといった感じだ。

「社長より奥様を新居へお連れするように仰せつかっております。マンションまでご一緒させていただきます。よろしくお願いしますね」

ハリウッド女優顔負けの美女は、笑顔で美琴に手を差し出した。しかし美琴はぽかん……と呆けたように見上げることしかできない。香水だろうか、爽《さわ》やかな柑橘系《かんきつけい》の香りがふんわりと鼻をくすぐった。

「私の日本語、どこかおかしいですか?」

返事がないことを不思議に思ったのか、ソフィアは首を傾げる。美琴は慌てて握手に応《こた》えた。

「いいえ全く！　とてもお上手です！　その……あまりにお綺麗だから驚いてしまって」

素直に言うとソフィアは目を丸くした後、ふわりと笑った。

「ありがとうございます」

美琴の賛辞をソフィアは素直に受け止める。その笑顔に今一度美琴は見惚れた。知人の中には顔立ちの整った外国人もいるけれど、ソフィアは別格の美しさだ。

「さあ、どうぞ」

美琴は迎えの車に乗り込んだ。拓海はどうしても抜け出せない用事ができてしまったらしく、代わりに秘書のソフィアを寄こしたのだという。

「じゃあ、日曜日なのに今も会社にいるんですか？」

仕事が立て込んでいると言っていたが、そんなに忙しいなんて。驚く美琴にソフィアは苦笑した。

「毎日、取りつかれたように働いています」

聞けば食事もまともに取らない日もあるという。それでは体調を崩してしまうだろうに……そう、美琴が眉を寄せた時だった。ソフィアの観察するような視線に気づき、はっとする。

「……あの、何か？」

「ああ、失礼しました。タク――社長の奥様がこんなに可愛らしい方だとは思わなくて」

「そんな、私なんて」

慌てて首を振る美琴に、ソフィアはにっこり笑う。

「本音ですよ。私は、お世辞は言いません。今後もお会いすることもあるかと思いますが、よろしくお願いしますね」

「……こちらこそ」

ソフィアほどの美人に褒められたのは嬉しい、でも。

(今、名前で呼びかけた……?)

聞き間違いでなければ「拓海」と言いかけた気がする。普通、秘書が社長を名前で呼ぶことはない。

心の中がざわめくのを感じる。しかし美琴がそれを言葉にすることはなく、二人を乗せた車は新居へと向かったのだった。

車は、都心に聳《そび》える超高級マンションの地下駐車場で止まった。どうやらここが新たな住まいらしい。車を降りた美琴は、ソフィアに続いて歩き始める。

「こちらです」

「部屋は最上階です。ワンフロア全てがご自宅なので、他の住人と顔を合わせることはありません。専用のエレベーターとエントランスがあり、セキュリティー面は万全です。コンシェルジュに言えば大抵のものは用意してもらえますし、食事はデリバリーの他に提携レストランのシェフを招くことができますよ。その他、掃除や洗濯のサービスも充実してます」

エレベーターに乗り込んだソフィアは、てきぱきと説明する。

「すごい……」

設備もサービスも高級ホテルに引けを取らない。美琴はマンション住まいの経験がないものの、ここが相当な高級物件であることは容易に想像がつく。エレベーターを降りると、開《ひら》けたフロアに迎えられた。ソフィアは重厚な扉の前に立ち、胸元から取り出したカードキーを美琴に手渡す。

「私が入ることができるのはここまでです。社長からは、一番奥の仕事部屋以外は好きに使っていいと伝えるよう言われています。それでは私はこれで失礼しますね」

「あのっ！」

背を向けようとするソフィアを、美琴は咄嗟《とっさ》に呼び止める。直後に「しまった」と思うが時すでに遅く、ソフィアは「何か？」と不思議そうにこちらを見つめ返している。美琴は、車中ずっと気になっていた問いを口にした。

「ソフィアさんは、拓海と以前からの知り合いなんですか？」

彼女は目を瞬《またた》かせた後、「はい」とあっさり答えた。

「彼が大学院に入った時からの付き合いです。今回、彼が日本に帰国するにあたって呼ばれました」

ならば、もう四年以上の付き合いということになる。

彼女は渡米してからの拓海――美琴の知らない彼を知っているのだ。

「……ソフィアさんから見た拓海は、どんな人ですか？」

だからつい、聞いてしまった。再会した拓海は美琴の知る過去の彼と大きく違っていたことが気になっていたからだ。

整った顔立ちやクールな表情は同じ。しかし美琴の知る拓海は、強引にキスをしたり、美琴の行動の自由を奪い、ましてや寄付金を打ち切るなんて脅《おど》す人ではなかったはずだ。

唐突な美琴の質問に彼女は少しだけ驚いた表情をする。

「私から見た社長ですか？　……そうですね。言葉を選ばないでいいのなら、無駄美人」

「……無駄美人？」

予想の斜め上を行く答えに思わず聞き返す。しかしソフィアはいたって真面目な様子だ。

「見た目は最上級なのに、無愛想で口が悪い。加えてあの性格のせいで誤解されやすいから、無駄美人。でも、冷たい人間ではないと思います。言葉には出さないだけで周囲を気遣うこともできるし、ああ見えて優しいところもある。今は新社長に就任したばかりだから、人が変わったように猫を被っているけれど、私の前では今お話しした通りですね」

ソフィアの言葉に、美琴は無性に泣きたくなった。

彼女の語る拓海こそが、美琴が本来知っている彼だったから。

拓海は、変わっていなかった。少なくともソフィアの前では昔のまま。つまり、彼が「変わった」と思うのは、彼が美琴に対してだけそう接しているからなのだ。

（でも、ソフィアさんには違う）

彼女の前では拓海は素を見せている。拓海がわざわざアメリカから呼び寄せた女性。とびきり美人で、語学も堪能で、きっと仕事もできるのだろう。何もかもが美琴とは正反対だ。

そんな彼女と並ぶ自分が、何だか惨《みじ》めに思えて仕方なかった。

その後、ソフィアは綺麗に一礼をすると帰っていった。

（……ここが、今日から私が住む部屋）

美琴は戸惑いながらも扉を開ける。そうしてまず、玄関の広さに圧倒された。

大理石が敷き詰められた床にまっすぐ広がる長廊下。部屋数はざっと確認しただけで五つ。

ベッドルーム、ゲストルーム、空き部屋が一部屋、鍵がかかった拓海の部屋。そしておそらく美琴専用の部屋。そこには実家から持ち込んだ荷物や家具が綺麗に並んでいて、クローゼットには見覚えのない新品の服まであった。バスルームとトイレは二つあるし、二人暮らしには十分すぎる広さだ。

最後に、廊下を抜けてリビングへ。

ゆうに三十畳はあるだろうか。ガラス張りの窓からは都内が一望できる。

ここは、拓海がアメリカで会社を経営していた時に得た収入で購入したマンションだという。

つまりは九条も柊も関係ない、彼自身が得た財産だ。この部屋を見るだけで彼がいかに成功していたかが窺《うかが》える。そんな地位にいたにもかかわらず、拓海はフォトグラファーに転身した。

そんな彼の仕事を奪ってしまったのは、他ならない美琴自身。

その事実に改めて罪悪感が生まれる。

重い気持ちを抱えながら、美琴はリビングのソファに座った。

誰もいない広い空間は、モデルルームのように綺麗で整っているのにどこか無機質で寂しい。

時刻は既に夜七時を回っていたが、拓海はまだ戻らない。初めはそわそわとした気分で待っていたけれど、九時をすぎても連絡はなく、諦めてシャワーを浴びた。

それからどれほど待っても拓海が帰る気配はなく……次第に睡魔が襲ってくる。

(寝ちゃ、ダメ……)

頭ではそう思うのに、体はすっかり疲れていたらしい。

柔らかなクッションの感触を最後に、美琴は意識を手放した。


誰かが優しく頭を撫でている。

宝物を扱うような繊細で丁寧な動きに、美琴はうっとりと顔をすり寄せた。

それに驚いたのか手がピタリと止まるけれど、構わず頬を寄せる。

手は、子犬のようにすり寄る美琴に観念したのか、ゆっくりと髪を、そして頬を撫で続けた。

(……気持ちいい)

こんな風に気兼ねなく誰かに甘えたのは多分、母親が最後。

今、美琴を撫でる手のひらは母親よりもずっと大きくて、骨ばっている。

それは、美琴の体に触れた拓海の手にとてもよく似ていた。でも、彼がこんな風に優しく……まるで愛おしむように美琴に触れるなんてありえない。だからこれはきっと夢なのだろう。

(夢なら、いいかな)

美琴は瞼《まぶた》を閉じたまま、自分に触れる手をそっと取る。大きな手のひらはしっかりと美琴の手を握り返した。それに呼応するように夢の中の場面が変わる。美琴の前には、貴文と藍子がいた。空港でしっかりと手を繋《つな》いで歩き始める二人の後ろ姿を、美琴はじっと見送っている。それはまるで、美琴が憧《あこが》れる夫婦像のようで――

「貴文さん……」

どうか藍子さんと幸せに――そう、夢の中で願った時、美琴に触れていた手がすっと離れた。

「ん……」

どうやらソファで寝落ちしてしまったらしい。

寝《ね》ぼけ眼《まなこ》のまま美琴はゆっくりと瞼《まぶた》を開ける。直後、視界に飛び込んできたのは――

「拓海⁉」

無表情で自分を見下ろす拓海だった。ならば先ほどの手は、夢ではなかったのだろうか。

「あの、ごめんなさい。私、寝ちゃって……」

「別にいい、俺も今帰ってきたばかりだから」

素っ気なく言葉を返す拓海に、美琴は戸惑いながらも問う。

「今、帰ってきたの？」

「そうだけど、それが何か？」

「……ううん、何でもない」

ならばやはり先ほどのは夢だったのだ。まるで大切な人に触れるような手つきが……拓海のものであるはずがない。そう結論付ける美琴をよそに拓海はすっと立ち上がると、反対側の椅子に座った。

「迎えに行けなくて悪かったな」

ため息まじりに拓海は言った。そんな彼の表情は、心なしか疲れているように見える。

「大丈夫。ソフィアさんが来てくれたから。……アメリカにいた頃からの友達って聞いたよ」

「ソフィーから聞いたのか？　……あいつ、余計なことをべらべらと」

ソフィー、と。

当たり前のように拓海は秘書を愛称で呼ぶ。

あいつ、と呼ぶのもそれだけ二人が近しい関係であるからこそ。

これ以上、拓海がソフィアについて話すのを聞きたくない。そう思うのに、こんな風に自然な会話をするのは多分、再会してから初めてで……傷つくのは自分なのに、話題を切り替えるきっかけを見つけられずに美琴は続ける。

「……すごく綺麗な人で驚いちゃった。日本語も上手だし、きっと仕事もできる人なんでしょう？」

「だから日本に呼んだんだ。仕事をする上であいつ以上に信用できる奴はいないから」

ソフィアに対する絶対的な信頼感を見せつけられて、返す言葉を失う。

今日、ソフィアから語られる拓海の姿を懐かしみ、同時に彼女がそれを知っていることにショックを受けた。そして今は、拓海がソフィアを語る姿に胸を痛めている。この痛みの正体を美琴は知っている。

これは、嫉妬だ。

お見合い相手が拓海と知る以前から、不意に彼を思い出しては「恋人がいたら」と仮定して、傷ついた。そして今、それがソフィアという実像となって現れたのだ。

二人の関係は社長と秘書。恋人ではないと分かっていても、もやもやは収まらない。

「それより、これからのことについて話しておきたいことがある」

拓海は美琴の動揺に気づくことなく、淡々と切り出した。

「例のパーティーだけど、二週間後に決まった。場所は逢坂《おうさか》ホテル、招待客は二百人を予定してる」

「二百人も……？」

人数が予想以上に多い。それでは披露宴となんら変わりないではないか。しかし拓海は「これが最低ラインだ」と言い切った。

「当然、その日の主役は俺たちだ。その時、美琴に気を付けてもらいたいことがある。――嘘でもいい。俺を好きだと態度で、言葉で示せ」

一瞬、何を言われたか分からなかった。

（嘘……？）

戸惑う美琴に拓海は更に続ける。

「パーティーの参加者は、いずれも今後の柊商事にとって重要な人物ばかりだ。どうせなら好印象を与えたい。そうでなくても俺は愛人の子というマイナス点がある。その上、妻に嫌われているなんて笑い話にもならないからな。もちろん、俺もそのつもりでお前に接するつもりだ」

淡々とした声は、冷たい。

「好きなふりをするのが難しければ、当日だけでも俺のことは兄貴とでも思えばいい。お前もその方がやりやすいだろ？　……未だに、寝言で名前を呼ぶくらい兄貴のことが好きなんだから」

「え……？」

今さっきの夢で貴文と藍子が出てきたのは確かだ。寝言を言ったとしたら、それ以上の理由はない。

しかしそれを拓海が聞いていたということは——

(私を撫でていたのは、拓海……？)

あの優しい手は、夢ではなかったということになる。

予想外の事実に言葉を失う美琴に、拓海は暗い笑《え》みを浮かべる。

「図星、か」

「ちがっ——！」

「とにかく、俺を兄貴だと思えば最低限の仲の良さは演出できるだろ。実際、会社でも兄貴の真似をしていた方が周りの評判がいいくらいだからな」

会社での拓海は猫を被っている、とソフィアは言った。それはつまり——今の彼が素を見せているのは、彼女だけということだ。再び、ソフィアへの嫉妬心が湧き上がる。

「……そんなこと、できない」

拓海は美琴の反抗的な態度に眉を顰《ひそ》めた。

「何？」

「拓海と貴文さんは別人だもの。あなたは、貴文さんじゃない」

(私が好きになったのは、貴文さんを真似た拓海じゃない)

(拓海だから、好きになったのに)

だから、拓海に貴文を重ねるなんて美琴にはできない。その気持ちは言葉にはできないけれど。

すると、拓海を取り巻く雰囲気が変わった。

「……随分、はっきりと言ってくれる」

今まで冷静だった拓海の瞳に怒りが宿る。彼は椅子から立ち上がると、美琴の目の前に立った。

「お前の言う通り、俺はどうしたって兄貴にはなれないし、あの人に敵《かな》わない。俺は何をしても所詮、兄貴のスペアで偽物だ」

ここまで来て初めて、美琴は話が食い違っているのに気づいた。

「そういう意味じゃなくてっ……！」

「それでも！」

厳しい声が美琴を遮《さえぎ》る。しゃがんだ拓海の指先が、座る美琴の顎《あご》をくいと上げる。

「お前と結婚したのは、俺だ」

怒りを込めて拓海は言った。

「……ああ、そうだ。念のため言っておく。今後も出かける時は事前に連絡しろ。俺の許可なしの外出は認めない」

「どうして……このチョーカーだけじゃ足りないの？」

「全然足りないな。それに、普通に暮らす分にはこのマンションだけで用事は済むはずだ」

この言葉に、美琴はこのマンションの本当の役割に気づいた。

快適すぎるこの環境は、美琴を閉じ込めるためでもあったのだ。

言葉を失う美琴とは対照的に拓海は薄く笑《え》む。彼は指先でそっとチョーカーをずらした。

「……痕が消えてるな」

拓海はもう一度所有印を刻もうと、美琴の首筋に顔を埋《うず》めようとする。

しかし、唇が肌に触れようとした時だった。

ふわり、と柑橘系《かんきつけい》の香りがした。覚えのあるそれは、ソフィアと同じもの。

体に匂いが染み込むほど二人は近くにいたという事実に、かっと頭に血が上る。

「や……！」

反射的に両手で拓海の胸を押していた。反動で拓海の体が傾いて背中がテーブルにあたる。

ガチャン、とティーカップが床に落ちて、粉々に砕けた。

「あっ……ごめ、なさ……」

「――本当に、俺のことが嫌いらしいな」

その声は、冷たい。美琴が表情を凍らせる中、彼は無言で美琴の体を抱き上げた。

「拓海!?」

「そんなに俺に触られるのが嫌なら、練習すればいい」

「練習……?」

「俺たちは夫婦だ。そして今日は二人で過ごす初めての夜。なら、することなんて一つしかないだろ?」

息を呑む美琴の耳元で拓海は低く囁《ささや》く。拓海は美琴を横抱きにすると歩き出す。彼が向かう先は――ベッドルームだ。


「んっ――!」

ベッドルームのドアを閉めた途端、噛みつくようなキスが美琴を襲った。

拓海は左手で美琴の腰を引き寄せ、空いた右手で美琴の頤《おとがい》をくっと上げる。

「口を開けろ、美琴」

「まっ……ふぁ、ん……」

反射的に口を引き結ぼうとする美琴に、拓海は容赦なく舌を滑り込ませる。

呼吸をするのが難しいほど性急な行為に、美琴は必死に両手で彼の胸を叩く。しかし分厚い胸板はビクともしない。

それどころか美琴の動きを封じ込めるように、拓海は舌を絡めていっそう口づけを深めてくる。

口内に入り込んだそれは、執拗《しつよう》に美琴の舌を求めていた。

「ふっ……待って……」

呼吸の合間に懇願してもキスは止まない。

受け止めきれなかった唾液が唇から溢《あふ》れる。

ちゅっと唇を柔らかく食《は》んだかと思えば、舌裏を吸い取られて歯列をなぞられる。

あまりに激しくてついていけず、緩急ある舌先の動きに翻弄《ほんろう》されて息が乱れる。

強引で、一方的なキス。

それなのに体は確かに覚えていた。

その証拠に、待ってほしい気持ちとは裏腹に、体の内側から熱くなってくる。

キスの最中にもかかわらず、拓海は美琴のパジャマのボタンをいともたやすく外した。

止める間もなく、彼はそのままブラジャーのホックを片手で外すと、背中をすっとなぞった。

くすぐるようなその動きに背筋に甘い痺《しび》れが走り……同時に激しく唇を吸い取られる。

舌を激しく搦《から》めとられた時、拓海と目が合った。

——見られている。

その視線の強さに、心臓が大きく波を打つ。

「あっ……ゃ、ぁ……」

直後、ガクン、と足から力が抜けた。

美琴を抱き留めた拓海が、ふっと笑う。

「キスだけでイった？」

「ちがっ――」

必死で否定しようとすると、拓海は「知ってる」と囁《ささや》いた。

「イった時の反応はこんなもんじゃないもんな。潤《うる》んだ目に火照《ほて》った顔、あそこをびしょびしょに濡らして……」

「や、言わないでっ……！」

あの時、拓海の目にはそんな風に映っていたなんて。

美琴は羞恥心《しゅうちしん》から顔を背《そむ》けようとするけれど、拓海の強い視線がそれを阻《はば》む。

「美琴がこんなに淫乱だったなんて知らなかったよ」

淫乱だなんて、酷い。

(そうしたのは、拓海なのに)

美琴自身も自分がこれほど感じやすい体だなんて知らなかった。

だって、こんな風に素肌を晒《さら》した異性は拓海が初めてなのだ。

自分が淫乱だから、ただ脱がせられただけで感じてしまうのか。

それとも相手が拓海だから、ここまで敏感になってしまうのか。

答えは分からない。

分かるのは……拓海の息づかいを感じるだけで、体が内側から熱くなるということだ。

「見ないで……」

外気に触れた刺激と、何よりも見られている羞恥心《しゅうちしん》からか、ツンと上を向く薄桃色の乳首。

やわらかな双丘にはしっとりと汗がにじんでいる。

なだらかな曲線を描く上半身。くびれた腰に、適度に膨らんだ臀部。

それら全てを、拓海の目が舐め回すように眺める。

顔から首筋。そして、何も身に着けていない胸元へ――

無言のまま注がれる視線の熱さに、美琴は息を呑んだ。

この目を美琴は以前にも見たことがある。

一ヵ月前、婚姻届を記入したあの日も、拓海はこんな目で美琴を見つめていた。

まるで美琴が欲しくてたまらないような、欲情を抑えきれない「男」の目だ。

「……綺麗だな」

感嘆を込めて拓海は呟《つぶや》く。

「綺麗すぎて、汚したくなる」

拓海の右手がパジャマのズボンを下ろし、下着越しに秘部に触れた。

「まっ……！」

制止しても、無駄だった。

くちゅっという粘着音が耳に届く。拓海はまるで美琴の反応を楽しむように、人差し指で下着を擦《こす》る。

「触ってもいないのに、もう濡れてる」

くすりと笑った直後、下着が取り払われる。何も身に着けるものがなくなったそこを、今度は拓海の指先が直接触れた。立ったままいじられて、足に力が入らない。

「あっ……ダメっ……！」

「強がるな。服を脱がしただけでこんなに濡らすなんて、俺がいない間、随分一人で楽しんでいたみたいだな？」

自慰をしていたのだろう、と遠回しに拓海は指摘する。

美琴はふるふると首を横に振った。

「そんなこと、してないっ……！」

「なら、どうしてこんなに濡れてるんだ？　俺はまだキスしかしていないのに」

（どうしてそんなに意地悪を言うの）

（嫌いだから、こんな風に恥ずかしい思いをさせて、虐めるの？）

「拓海のこと、考えてたから……」

「……なに？」

ここまでずっと、美琴は羞恥心《しゅうちしん》と闘ってきた。

でも脱がされて、剥《は》がされて……そしてこの一言で羞恥心《しゅうちしん》を取り払われて、感情を露《あらわ》にした。

言わなくていいことを、言ってしまったのだ。

「忘れられるわけない、何度も、何度も思い出した」

拓海以外は知らない。

拓海しか、知らない。

「初めてなんだもの。誰かに触れられるのも、全部、全部、拓海が初めてなんだものっ……んっ――」

最後までは、言えなかった。拓海の舌が美琴の舌を搦《から》めとったのだ。

息継ぎもままならないほどの激しいキスの後、拓海は美琴を横抱きにすると、ベッドの上に横たえる。

「拓海……？」

見上げる美琴の上に拓海が乗っかる。彼は美琴を押し倒すと、ゆっくりと顔を近づけてきた。熱い視線と吐息と共に、彼は言った。

「――煽《あお》った、お前が悪い」

クチュ、クチュ、と卑猥《ひわい》な音がこだまする。

「やっ、もう、そこ、だめぇ……！」

ベッドに押し倒されて、拓海は美琴の全身を舐め回した。

唇から首筋へ、鎖骨、腹部。

そして今は、胸の頂《いただき》を弄《もてあそ》んでいる。

口の中で飴を転がすように舌先を動かしたかと思えば、不意に強く吸い付く。左手で片方の胸をやわやわと揉みしだいて、乳首を摘まんで……

緩急あるその動きに、美琴はただ耐えることしかできない。

舐められている間ずっと、彼の右手は美琴の秘部を弄《もてあそ》んでいた。

服を脱がされた時に既に濡れていたそこは、すでにびしゃびしゃだ。

太ももを自《みずか》らの愛液で濡らした美琴は、何度も拓海の指を拒もうとしたけれど、体で足を広げられているので、それも叶わない。

「口と体は言っていることが違うな」

親指で陰核を転がしながら指を抽送していた拓海は薄く笑う。

「……ほら、もうここまで指を咥《くわ》え込んでる」

「あっ、ん……！」

体の中心に拓海の指を感じる。

初めは一本だったそれは、今や二本に増えていた。

しどけなく濡れたそこは、拓海の指をいともたやすく咥《くわ》え込む。

彼以外触れたことのない内壁を擦《こす》られて、美琴はただ声を上げるしかできない。

(指、なのに……！)

絶え間なく体をいたぶり続ける甘い攻めに、頭がどうにかなってしまいそうだ。

「美琴、何度も言っただろう。顔を背《そむ》けるな」

「だって、恥ずかし……」

今の美琴の顔はきっとぐちゃぐちゃだ。

拓海と自分の唾液で唇は濡れそぼっているし、生理的に涙が出て目元も赤い。

それなのに、拓海はそんな美琴の顔が見たい、俺から顔を背《そむ》けるなと何度も命じる。

「隠すな。全部、見せて」

その言葉に、きゅっと胸が苦しくなる。

この言葉も行為も全ては愛しているからではなく、美琴を従わせるためのものだ。

……それでも、誤解しそうになる。

彼が美琴の体以外も求めてくれているのではないか、と。

「あっ……！」

その時、深く入り込んでいた指がくいっと曲げられた。

「――分かるか？　ここがお前のいいところだ」

「そんなの、知らなっ……あ、ん、ゃぁ……！」

拓海の指が一点を何度も攻め続ける。

指を曲げて、擦《こす》りつつも、親指は陰核をコロコロと弄《もてあそ》ぶ。

(ダメ、なにか、きちゃう……！)

その間も彼は唇と空いた手で体を弄《もてあそ》んでいた。

そして一点を突くと同時に胸の頂《いただき》を噛まれた、その瞬間。

何かが弾けた。

悪寒にも似た何かが体中を駆け抜けて、背中が大きく跳ねる。

イってしまった。火照《ほて》った体を震わせて息を乱す美琴を、拓海は満足そうな笑顔で見下ろす。彼は先ほどまで美琴に入っていた自分の指を、見せつけるように美琴の眼前に持ってきた。

「俺の奥さんは随分と淫乱だな。見ろ、手首までびしょびしょだ」

恥ずかしすぎてとても見ていられない。美琴は視線を逸らそうとするけれど、拓海はそれを阻《はば》むように、濡れた指先で美琴の腹部をさらりと撫でた。

体の中心。今まさに熱を持っているそこに触れられ、たまらず声が漏れる。

「熱いな」

美琴に跨《また》がったまま、拓海はにんまりと笑う。

「――今からここを、俺でいっぱいにしてやる」

直後、彼は荒々しく自《みずか》らのネクタイを引き抜いた。そのままそれを美琴の眼前に持ってくる。

「何をするつもり……？」

怯《おび》える美琴には答えず、彼はネクタイで美琴の目元を覆った。

「やっ、これ外して……！」

視界を奪われた美琴は、力の入らない指先ですぐに外そうとするけれど、拓海に手を押さえられる。

「抱かれている時くらい、嫌いな男の顔は見たくないだろう？」

「そんなことっ……！」

否定しようとした美琴を遮《さえぎ》って拓海は続ける。

「俺がいいと言うまで絶対に外すな。逆らったら――分かるな？」

言外に送金を止めると言われて、美琴は抵抗を止めた。

(顔を見たくないのは、拓海でしょう……?)

(嫌いな女がよがる姿なんて見たくないから、私の顔を隠すのでしょう)

そう思ったけれど、聞くことなんてできない。

もしも「そうだ」と言われてしまったら、自分はきっと立ち直れない。

その時、すぐ近くで拓海が服を脱ぐ音が聞こえた。

「た、くみ……?」

視界を奪われてしまったから、彼の動きが分からない。

美琴が不安に思っていると、拓海の大きな手のひらが美琴の頭をふわりと撫でた。

その手は次に頬に触れる。

目隠しなんて酷い行為をしているのに、美琴に触れる手つきは泣きたくなるくらいに優しい。

「――俺に、全てを任せろ」

聞こえた、直後。

熱く猛《たけ》った何かが美琴の秘部に触れた。

「んっ……や!」

ダイレクトに感じる熱さとぬるりとした感触。

初めての経験でも分かる。

拓海は、避妊をしていない。

「待って、そのまま入れちゃ、だめっ……！」

美琴の制止を無視するように、拓海はそれを何度もそこにこすりつける。

指とはまるで違う熱さをもったそれに、本能的に腰が揺れた。

つぷん、と先端が入り込んでくる。

「避妊しないと、赤ちゃん、できちゃう……！」

結婚だけでも現実味がないのに、この上彼との間に子供だなんて……！

反射的に美琴は体をよじるが、拓海の体が阻《はば》まれて動けない。

「――子供ができて、何がいけない？」

熱っぽい声が耳朶《じだ》を震わせる。その言葉に美琴は息を呑んだ。

「俺たちは夫婦だ。結果的に子供ができてもなにもおかしいことはないだろう？」

「たく、み……本気で言ってるの……？」

「少なくともこれからすることは、本気だよ」

直後、めきめきと何かを突き破るような感覚が美琴を襲った。

「――っ……ああ、んっ……！」

指とはまるで比べ物にならない圧倒的な質量が、美琴を内側から暴《あば》いていく。

その生々しいほどの感触に生理的な涙が目尻を伝った。

「――全部入ったのが分かるか」

熱い吐息が耳に降る。

美琴は、涙を滲《にじ》ませて頷くしかできなかった。

既に十分すぎるくらい潤《うるお》っていたから痛みはほとんどない。

ただ、信じられないほど熱くて、苦しい。

それだけではなかった。体の中心に打ち込まれたそれによって、体中に甘い痺《しび》れが走っている。

挿入された部分がじんじんと熱くて、熱くてたまらないのだ。

(なに、これ……)

早く終わりにしてほしかった。そうしなければおかしくなってしまう。

「終わり……？」

譫言《うわごと》のように囁《ささや》くと、拓海が嗤《わら》うのが分かった。

「……まさか。これからだよ。——動くぞ」

直後。拓海は一気に最奥まで挿入した。

「っ、ぁ……！」

上半身がのけぞる。あまりの衝撃に一瞬、呼吸が止まったような気がした。

熱を持った塊が美琴の中心を突き刺しているのだ。それはやがてゆっくりと緩急をつけて抽送し始めた。

「ん、やあ……あああっ……」

「嘘つきな奥さんだ。ここは、こんなにも俺を受け入れているのに」

「そんな、こと……」

「『そんなことない』？　なら、これはなんだ？」

「ああっ！」

ズン、と衝撃が走る。

拓海は今一度最奥を突き刺すと、両手で美琴の腰を掴《つか》み激しく出し入れした。

そのたびに響くくちゅくちゅというといやらしい音に、耳を塞《ふさ》いでしまいたいのに、あまりの激しさに両手を自由に動かすことさえできない。

「あ、っ……それ、だめぇ……！」

両足を抱え上げられ、拓海の体が美琴の上半身に押し付けられる。

その時初めて、美琴は彼もまた裸であることを知った。

厚い胸板を押し付けられて美琴の双丘がくにゃりと歪《ゆが》む。

「っ……！」

声を殺すように漏れた吐息は、拓海のもの。

重なりあった胸同士に汗が滲《にじ》み、互いの呼吸が荒くなっていく。

その荒々しい吐息に、たとえ体だけでも拓海が自分を求めているという事実に、きゅん、とお腹が疼《うず》く。それに呼応するように膣がきゅっと締まり、拓海は息を漏らした。

拓海が、美琴の体に感じている。

それなのに、美琴は彼がどんな表情をしているのか分からない。

それが悲しくて、辛くて、もどかしい。

今考えられるのは、一つだけ。

「たく、み……、これを取って……！」

暗闇の中でひゅっと拓海が息を呑むのが分かった。

「……外したら、嫌いな男の顔が見えるのに？」

余裕だと言わんばかりの言葉だが、その声は確かに熱を孕《はら》んでいた。

一方の美琴もまた、熱に浮かされたように何度も頷く。

「お願い、拓海の顔が、見たいの……！」

「……っ、煽《あお》るなと、言ったのに」

拓海はネクタイを取り払う。

露《あらわ》になった視界の先にいたのは、目元に朱を走らせた拓海の顔だった。

冷静のように見えて、彼もまた何かを堪《こら》えているのが伝わってくる、そんな顔。

拓海が、自分に興奮している。

ソフィアでも他の誰でもない美琴に……

たとえ体だけだとしても、今の拓海の目に映っているのは、美琴だけ。

その事実に新たな熱が生まれ、秘部が疼《うず》く。

「美琴」

拓海は美琴の上半身をかき抱く。そのまま両手を彼女の腰に回すと、耳元に触れるだけの口づけをした。

「――俺を見ろ、俺の名前を呼べ」

ここにいるのは自分なのだと主張するように、拓海は告げる。

「拓海っ……！」

美琴は熱に浮かされたように名前を呼んだ、その時。

「っ……ぁ、あ……！」

熱い杭が美琴を貫《つらぬ》いた。

体の最奥に感じる熱さに一瞬、気を飛ばしそうになる。しかしそれすらも拓海は許さなかった。

濡れそぼったそこを拓海の昂《たかぶ》りが何度も行き来する。一気に引き抜いたかと思えば、突き刺されて……そのたびに美琴は次々と襲い来る快楽に嬌声《きょうせい》を上げた。

パンパンと打ち付ける音、愛液が絡み合う音、そして二人の吐息が空気を震わせる。

「あっ、ゃ、あつい、よっ……！」

一度彼の形を覚えたそこは、抽送を繰り返す拓海のそれを容易《たやす》く呑み込んでいく。

愛液によって染みができたシーツの上で、二人は我を忘れたように抱き合った。

もはや羞恥心《しゅうちしん》はなかった。美琴は両手を拓海の背中に回して、足を絡めて彼を求める。

今の美琴が考えられるのはただ一つ。今、自分を抱く男のことだけだ。

「ん……ふ、ぁ……！」

噛みつくようなキスに、初めて美琴は応《こた》えた。

体を揺さぶられながら、口内を貪《むさぼ》るそれに自《みずか》ら舌を絡める。その一瞬拓海が戸惑ったことを、快楽に夢中な美琴は気づかない。

本能に身を任せて口づけに応《こた》えながら、美琴は思った。

(本当はずっと、欲しかった)

この結婚を拒んでいた。

彼の夢を奪った自分が許せなくて、だからこそ結婚するべきではないと思った。

でもそんな理性的な自分をかなぐり捨てて、何もかもを取っ払った裸の……本能の部分では、ただただこの男を欲していたのだ。

拓海が欲しい。

彼が欲しているのは柊における立場で、美琴はそれを強固にするための駒だ。

でも……体だけでも、今の拓海が望んでいるのは、美琴だけ。

だから、今だけは。

『好きっ……!』

言葉にできない声を唇に乗せて、美琴は彼にキスをする。

自分を求める舌に自《みずか》らの舌を絡めて、歯列をなぞり、腰を揺らす。

一度心を解放すれば体は簡単についてきた。

「美琴っ……!」

熱を孕《はら》んだ声が名前を呼ぶ。拓海は接合部を激しく打ち付けて、噛みつくような口づけをした。

膣を行き来する熱に美琴の中心が激しく疼《うず》く。

背中に何かが駆け抜けて、火花が散ったように体中に熱が広がった。

「っ、たく、みっ……！」

熱い杭を逃さないと言わんばかりに膣が収縮する。

直後、それは引き抜かれ――熱い何かが、美琴の腹部に吐き出された。

ビクン、ビクンと続く熱いそれは、体の中に広がるはずだったもの。しかし拓海はそうしなかった。

（どう、して……？）

問いかけたくても、声が出ない。

「美琴」

強烈な睡魔によって意識が遠のいていく、その刹那《せつな》。

『ごめん』

そんな、幻聴が聞こえたような気がした。


翌朝。

「ん……」

目覚めた美琴は、怠《だる》さの残る体をゆっくりと動かして起き上がる。体に視線を落とすと、着た記憶のないバスローブを身に着けていた。それに、お腹の上に放たれた熱量の痕はどこにもない。

「拓海……？」

体を拭いてくれたのであろう人の名を呼ぶけれど、返事はない。シャワーでも浴びているのだろうか、とベッドから床に足をつけた時だった。ズクン、と下腹部に鈍い痛みが走る。

「っ……」

生理痛にも似たそれは、昨夜の情事が確かにあったことの証《あかし》。

昨夜のことは、ところどころ断片的ではあるけれど確かに覚えている。

始まりは確かに無理やりではあった。恥ずかしくて、緊張して……それなのに気持ちよくて、拓海のことが欲しくてたまらなかった。自分にあんな一面があるなんて、知らなかった。

いやらしく乱れる姿を拓海に見られてしまったが、彼はどう思っただろう。

呆れただろうか、みっともないと思っただろうか。

昨日の今日で顔を合わせるのは正直、気まずい……そう、思っていたけれど、家じゅうどこにも、拓海の姿はなかった。代わりにリビングのテーブルにあったのは、一枚の書置き。

『仕事に行ってくる』

書いてあったのはそれだけだ。

拓海は、美琴を起こさなかった。

多忙だから。急いでいるから。それはきっと事実だろう。でも何も言わずに出て行くなんて……

抱くだけ抱いたら、もう用はないということだろうか。

「……そうだ、ティーカップ」

はっと思い出して床を見るが、拓海が片付けてくれたのか破片はどこにも見当たらない。

代わりにテーブルの上には、一人分のティーカップとポットが置いてある。

拓海が用意してくれたのだろうか。美琴はそっとポットを手に取り、ティーカップに中身を注ぐ。

ふんわりと香る優しい茶葉の香りに、無性に泣きたくなった。

「……アールグレイ」

視覚や嗅覚は、時に鮮明に記憶を呼び起こすという。美琴にとってこの香りは懐かしさの象徴だった。

十代の頃、美琴は婚約者である貴文に会うため、月に一度九条家を訪問しては、お茶を飲みながら他愛のない会話を楽しんだ。そこに拓海が同席することも少なくなかった。

ある日、九条家の使用人が用意してくれたお茶を飲み切ってしまったことがあった。その時、

「いちいち呼ぶのは面倒だ」と言って拓海が自分で紅茶を淹《い》れたのだ。

その時の茶葉は、アールグレイ。以来、お茶を用意するのはいつしか拓海の役割になっていた。

「……美味《おい》しい」

拓海のお茶を飲む機会なんて、もう二度とないと思っていたのに。

たまたまかもしれない。特別な意味なんて何もないのかもしれない。

それでも拓海が紅茶を淹《い》れてくれた——それがこんなにも嬉しくて、切ない。

拓海は変わってしまったと思っていた。でもこうして変わらない部分もある。

だって、この優しいお茶の味は……昔と何一つ、変わらないのだから。

この時、不意に矢島の言葉が頭に浮かんだ。

『お嬢様。どうか素敵なご家庭をお築きください』

事故で夫を亡くした矢島は、沢山の後悔の言葉を口にしていた。

その上で幸せになれ、と美琴の背中を押してくれた。

美琴にとっての後悔のない選択。美琴は一度、拓海に想いを告げなかったことを悔やんだことがある。

だからこそ、想いを貫《つらぬ》こうとする貴文に協力したのだ。

そんな中、拓海と再会して……美琴は彼が好きだからこそ結婚してはいけないと、夢を諦めさせてはいけないと思った。しかし既に自分たちは夫婦になった。

拓海は、美琴を嫌っている。そして美琴も自分のことが嫌いだと思っている。

今更「好き」なんて言えない。それを言えば、貴文に協力したことも伝えなくてはならなくなる。

言えなくても、できること、望むこと……

答えは、一つだけだった。

「拓海の傍にいたい」

拓海が求めているのが柊の立場と体だけだとしても、彼の傍にいたいと思った。

どんなに酷い言葉を投げつけられても、束縛されても、体を重ねても。

拓海を好きな気持ちは変わらなかった。

悲しいと思う。辛いと思う。それでもやはり、彼への想いは消えない。

ならばこの気持ちは捨てないで、胸の底にしまい込もう。

嫌いな女に好意を伝えられても拓海が困るだけ。ならば、決して悟られないようにしよう。

どんなに嫌われていても。たとえ体だけでも。

――拓海が好きで、好きで、たまらないのだから。

V

七月中旬。美琴と拓海が結婚して、早くも一ヵ月半が経過したある日。

カーテンの隙間から日の光を感じて、美琴はゆっくりとベッドから起き上がる。

朝の八時。隣を見てもそこには誰もいない。

「まだ帰ってない……か」

目覚めた時に夫の姿が隣にいないのには、もう慣れた。

突然始まった拓海との結婚生活は、すれ違いの連続だった。

拓海の多忙ぶりは、美琴の想像を遥かに超えていたのだ。

マンションに帰宅するのは週の半分ほど。そのほとんどは深夜で、日付を超える前に帰ってくることはあまりない。そして……ごく稀《まれ》に帰って来た日、拓海は美琴を抱いた。

セックスをして、明け方美琴が目覚めるのを待たずに出社する。

それが同居を始めてから何度も繰り返された二人の日常だった。

一緒に住んでいるのに、丸一日顔を合わせないことはざらにある。
「……辛いなあ」
今は自分しかいない。だからつい、心の声が漏れた。
拓海を好きでいるのは美琴の勝手。見返りは求めず、一緒にいられるだけでいい。
そう思っていても、現実は顔を見ることすら稀《まれ》な状態だ。
会いたければ会いに行けばいい。答えは簡単。しかし、実行する勇気が出てこない。
……働く拓海の姿を見るのが、怖いのだ。
だって、彼の隣にはきっと、ソフィアがいるから。
今まさに美琴が鬱々《うつうつ》としているこの瞬間も、彼女は拓海の右腕として活躍している。
美琴はといえば、日がな一日この広いマンションで自由に過ごしているだけだ。
拓海と体を重ねた翌日は、疲労感からお昼前まで眠ってしまうことが多い。
それからゆっくりと起きて、広い室内で過ごす。
自由と言えば聞こえはいいが、実際は何もしていないのと一緒だ。
自分の力で活躍し、拓海を支えるソフィア。家の力以外は何もない美琴。
どちらが拓海に相応《ふさわ》しい人間かなんて、考えるまでもない。
(……悪い方にばかり考えてる)
勝手に嫉妬されて、勝手にひがまれて、ソフィアにとってもいい迷惑だろう。
しかしずっと一人でいるせいか、気を抜くとマイナス思考に陥《おちい》ってしまう。

実家にいた頃は、矢島もいたから完全に一人になることはほとんどなかった。しかし結婚して引っ越した今、同居する祖父のプレッシャーからは解放されたが、その分孤独感が増したように思う。

マンション内は確かに快適だ。

ここは住民専用の図書館やシアタールームも完備されている。ジムやプールはいつでも利用できるし、コンシェルジュが常に滞在しているから、彼らに頼めば大抵のものは手に入るのだ。

他にも二十四時間営業の高級スーパーがあったり……と、ここだけで十分生活できるのは間違いない。それでもずっと一人で閉じこもっていては気が滅入る。

(このまま閉じこもっていたら、ダメになりそう)

居場所は常に拓海に監視されている。今までは、それがどうしても気になって出かける気になれなかったけれど、拓海は許可を取ればいいと言っていた。なら、今の美琴が行きたい場所は、ただ一つ。

(涼風学園に行きたい)

結婚以来、一度も出勤していない職場。突然の退職に挨拶《あいさつ》もできず、ずっと気になっていたのだ。

今の状況では復帰するのは難しいだろうが、せめて園長だけには挨拶《あいさつ》しておきたい。

もし可能ならこっそりとでいい、子供たちの様子も見たかった。

契約職員として働いたのは、たったの三カ月。しかしボランティア時代を入れれば、十九歳の時から関わってきた子もいるのだ。

（よし）

美琴はすうっと深呼吸をして、スマホにある拓海の連絡先をタップする。通話はすぐに繋《つな》がった。

『失礼します、奥様』

息を呑む。電話に出たのはソフィアだったのだ。

「あの、拓海は……？」

『申し訳ありません、社長はただいま会議中ですので代わりに出させていただきました。お言付けいただければ、社長にお伝えします』

美琴は動揺しながらも、これから出かけたい旨を伝える。

『承知しました、すぐに確認いたします』

「あの、会議中なら後でも……」

『奥様からのお電話は最優先で、と言われておりますので』

それから数分も経たないうちに、ソフィアから返事が来る。

『確認が取れました。今からご自宅に車を回しますから、少々お待ちいただけますか？』

「ありがとうございます、でも私一人で行けますので、車は大丈夫です。それじゃあ」

ソフィアの返事も待たずに美琴は電話を切る。

（……びっくりした）

まさかソフィアが出るとは思わなかった。

（スマホまで預けてるなんて）

流石《さすが》に親密すぎないだろうか。もやもやしてしまう気持ちを、美琴は無理やり抑え込んだ。

とにかく許可が下りたのならすぐに準備を始めよう。拓海は車を用意すると言ってくれたけれど、退職した身の上で目立つ真似は控えたい。これから行きたい旨を涼風学園に連絡してみると、園長の百合子は「喜んで」と言ってくれた。

（みんな、元気かな）

久しぶりの外出に美琴は気分を高鳴らせたのだった。


電車とバスを乗り継ぎ四十分。涼風学園に着いた美琴は、敷地内に入ってすぐ違和感を覚えた。建物の一つが工事中だったのだ。他にも新しい遊具がちらほら見える。

少し見ない間に随分と変わったな、と思いながらもまずは園長室へ向かう。

「美琴さん！」

百合子は笑顔で迎えてくれた。それにほっとしつつ、美琴は深く頭を下げる。

「園長先生、ご無沙汰しています」

「頭を上げて、美琴さん。とりあえず座りましょうか」

促《うなが》されて応接ソファに向かい合って座る。百合子は温和な表情で言った。

「この度はご結婚本当におめでとう。急な話で驚いたけれど、嬉しいお知らせだったわ」

本当はこんな風に祝われるような結婚ではない。しかし百合子の表情からは心から祝福してくれているのが伝わってくる。美琴は複雑な気持ちを堪《こら》えつつ「ありがとうございます」となんとか答えた。

「そうそう。休職理由だけど、他の先生方には家庭の事情とだけ話してあるわ。結婚のことを話して柊家のご令嬢であることが知られるのは、あなたも本意ではないかと思って」

一瞬、聞き間違いかと思った。

(今、「休職」って……?)

戸惑いながら美琴は聞き返した。

「園長先生、あの……私、退職したんじゃ……?」

「あら、ご主人から聞いてないの? 最初はそういうお話だったけれど、私からご主人に『まずは休職ではどうですか』と相談したの。私から見て、ここで働いている時の美琴さんはとても生き生きしているように見えたから。それに本当に辞めたいのであれば、美琴さんから直接聞くのが筋だと思ったし。それとも美琴さんは、涼風学園を辞めたかった?」

「いえっ、そんなことは! 私はここで働くのが大好きです!」

ここを辞めたいと思ったことなんて、一度もない。

「なら良かったわ。きっとご主人は言い間違えてしまったのね」

全力で否定する美琴に、百合子はほっとしたように笑う。

(拓海が、言い間違い……?)

彼がそんなミスをするだろうか。そう疑問に思った時だった。百合子はまたも思っていなかったことを口にした。

「それにしてもご主人、本当に素敵な方ね。芸能人みたいで年甲斐もなくドキドキしちゃったわ」

「たく――夫をご存知なんですか？」

拓海の顔写真はホームページに載っているし、有名なビジネス誌にも多数掲載されているのは知っている。経営母体のトップを、園長の百合子が知っていてもおかしくない。でも、この言い方はまるで直接会ったことがあるような――

「あら、聞いてない？　あなたが休職してすぐ、こちらにお見えになったのよ」

言葉が出なかった。

拓海が、ここに？

（まさか）

嫌な予感がする。この時頭に浮かんだのは、チョーカーを贈られた時の会話だった。

「園長、彼は何と言っていましたか？　その後、変わったことはありませんでしたか？」

「変わったこと？」

「送金がストップしたりとか、何か圧力がかかったりとか……」

拓海が本当にそんなことをするなんて思いたくない。

今日まで美琴が彼との約束を破ったことはないし、チョーカーだってつけたままだ。出かけるのも今回が初めてだし連絡もした。でも、もしも気づかないところで彼の機嫌を損ねていたら……

青ざめる美琴を、百合子はまじまじと見つめ――ぷっと噴き出した。

「園長……？」

ぽかんとする美琴に、百合子はくっくと笑う。

「美琴さん、夫婦喧嘩《げんか》でもしたの？　寄付をストップするどころか、ご主人は多額の寄付をしてくださったのよ？」

打ち切ったのではなく、寄付をした……？

「ここに来る途中、園庭を見たでしょう？　ご主人のおかげで老朽化が進んでいた建物の建替工事を始められたわ。他にも新しい遊具を設置してくださって、子供たちも大喜びよ」

百合子は「それだけじゃないわ」と更に続けた。

「その後も何回か足を運んでは、そのたびに『足りないものはないか』って聞いてくださるの。ご主人には本当に感謝しているわ」

理解が追い付かなかった。だって、涼風学園を人質にとって美琴を脅《おど》した人物ととても同一人物とは思えなかったのだ。

「初めて挨拶《あいさつ》に来られた時は、『妻がお世話になりました』と丁寧にご挨拶《あいさつ》もしてくれたのよ」

これに美琴は今度こそ言葉を失ったのだった。


「それじゃあね、美琴さん。またあなたと働ける日を楽しみにしているわ」

最後に百合子はそう言って美琴を見送ってくれた。

その後は許可を得て、園内を一通り見てから帰ることにした。

今は学校に行っている子供たちも、園内は閑散としている。それでも久しぶりに来た職場は懐かしい。

「柊さん！」

「山本先生？」

裏門から出ようとした美琴を呼び止めた山本が、肩で息をしながら美琴の前に走り寄ってきた。

「今、園長から柊先生が来ていたと聞いて……」

山本はふう、と呼吸を整えると、「お久しぶりです」と微笑む。

「会えてよかった」

「お久しぶりです。山本先生にも色々とご迷惑をおかけしてすみません」

「大丈夫ですよ。それよりも、柊さんが元気そうで安心しました。……心配してたので」

その気持ちが嬉しくて、つい笑《え》みがこぼれた。

「ありがとうございます。でも病気をしたとかじゃないので、大丈夫ですよ」

するとなぜか山本は恥ずかしそうに頭をかいた。次いで彼は「柊さん」と改まった様子で美琴を見つめる。その真剣な表情に、美琴はドキリとした。

「その……以前お話ししたことを覚えてますか？　食事に行こうって」

重蔵の迎えが来たことでうやむやになってしまったけれど、確かにそんな話をした。

「もし食事に行けたら、お伝えしたいことがあったんです。でもその前に休職されることになって……言わなかったのを後悔してました」

緊張した表情に、この会話の流れに、美琴ははっとする。

「柊さん、僕は、あなたのことが――」

山本がそう言いかけた時だった。

「美琴！」

呼ばれてはっと振り返り、驚いた。

「拓海、どうしてここに……」

唖然とする美琴をよそに、拓海はまっすぐ美琴の方へ向かってくる。そしてまるで美琴以外目に入らないように――山本には一瞥《いちべつ》もくれずに、美琴の腰を自《みずか》らの方に引き寄せた。

「なっ……！」

まさか山本の前でこんなことをするなんて思わなくて、驚いて息を呑む。

「一人で出かけたと聞いて心配だから迎えに来たんだ。車を出すと言ったのに、ダメだろう」

優しい口調で拓海は言った。

二人きりの時の淡々とした彼とはまるで違う雰囲気に、戸惑いながらも美琴は答える。

「それは……ごめんなさい」

しかし今は、とにかく放してほしい。呆然とこちらを見る山本の視線に耐えられないのだ。

それなのに拓海は、まるで山本の存在に今気づいたとばかりに彼の方を向いた。もちろん、美琴の腰を抱いたままだ。

「美琴、こちらの方は？」

「えっ、あ……こちらで働いている、山本先生。私もとてもお世話になっていて……」

しどろもどろになりながらも説明する。すると拓海は「そうか」と頷いた後、山本と向かい合う。そして、笑顔で言ったのだ。

「初めまして、山本先生。柊拓海です。いつも妻がいつもお世話になっています」

「つ、ま……？」

山本は唖然とした様子で反芻《はんすう》する。直後、「ええ⁉」と驚きの表情を見せた。

「柊さん、結婚してたの？　休職したのは家の事情って言ってたけど、もしかしてこれが理由……？」

美琴が説明するより前に、拓海が口を挟む。

「先日入籍したばかりです。山城園長にはお伝えしましたが、ご存知ありませんでしたか？」

拓海はあくまで紳士的に対応する。しかし美琴の目には、彼が笑顔で威嚇《いかく》しているようにしか映らない。一方の山本は「知りませんでした」と囁《ささや》くような声で答える。

「知っていたら、僕は……」

山本はぐっと拳《こぶし》を握ると、二人を交互に見る。彼は今にも泣きそうな顔に笑《え》みを浮かべて言った。

「柊さん、ご主人も……ご結婚おめでとうございます、どうかお幸せに。……それじゃあ」

「待っ――――！」

背中を向けた山本を美琴は呼び止めようとする。しかし拓海の腕がそれを阻《はば》んだ。

「気持ちに応《こた》えられないのに、呼び止めてどうするつもりだ？」

「聞いていたの……？」

「デカい声で話してたから聞こえただけだ」

告白されそうだったのは途中で気づいた。そこまで聞かれていたなんて。

「……なら、あんな言い方をしなくて良かったのに」

それに、拓海は山本の前で終始見せつけるように美琴を抱き寄せていた。暗にそれを指摘すると、拓海はじろりと美琴を見る。

「俺が止めなきゃあの男は恥をかくところだったんだ。感謝されこそすれ、非難される覚えはない」

「恥?」

「夫の前で人妻に告白して振られた、なんて恥以外のなにものでもないだろ。……もういい、行くぞ。マンションまで送る」

拓海は有無を言わさず美琴の腕を引く。路上で待たせていた車に美琴を乗せると、自《みず》らも隣に座った。

「それで、どういうつもりか説明してもらおうか」

出発してすぐ、拓海は厳しい声で問う。

「確かにここに来る許可はしたが、車を出すと伝えたはずだ。それなのにどうして一人で出かけた? あの山本とかいう男に会いたいから、なんて言わないだろうな」

「え……?」

「随分と親しそうだったけど。夫の俺にはにこりともしないくせに、あの男には愛想よくにこにこして。ああいう優男がタイプか？　そういえば、なんとなく兄貴に雰囲気が似てるかもな」

一瞬、耳を疑った。まさか山本との関係を誤解されるなんて、想像もしなかったのだ。

「答えないってことは、図星か」

「ちがっ……！」

「いくら俺のことが嫌いでも、新婚早々浮気だなんて感心しないな」

「山本先生は関係な――っ、ん……ふ、ぁ……」

関係ない。それが最後まで発せられることはなかった。拓海の唇によって封じられたからだ。

拓海は舌先で美琴の口をこじ開けると、そのまま舌を搦《から》めとり、裏側を舐め上げた。突然の口づけに美琴が舌を引っ込めようとしても、拓海は放さない。

「拓海、まっ……んっ……！」

酸素を求めて口を開けば、やんわりと唇を食《は》まれる。拓海は右手で美琴の後頭部を支えると、なおも口づけを深めていく。そうするうちに体の力がどんどん抜けていって、もはやされるがままだ。

（これ、やだぁ……）

美琴の意思など関係ない、無理やりのキス。それなのに彼の舌の温かさも、手のひらの温かさもなぜか心地よく……気持ちいいと、感じてしまう。そんな自分がたまらなくいやらしいと思ってしまった。

どれほど、そうしていただろう。

呼吸を忘れるほど激しいキスは、不意に終わりを告げた。

「んっ……」

拓海は最後に美琴の唇を食《は》むと、ゆっくり顔を放す。二人の間を透明な糸がつう、と伝うと同時に、美琴の体から力が抜ける。拓海はそれをそっと抱き留め、頬を紅潮させる美琴を見下ろした。

「言ったはずだ。お前は俺だけを見てればいい。他の男を見るなんて許さない」

射貫くような強い視線に、息を呑む。それでも美琴は言った。

「本当に、違うの……園長先生に挨拶《あいさつ》に来ただけで、山本先生に会いに来たわけじゃ……」

たとえ嫌われていたとしても……自分が拓海以外の男性を好きだなんて、思ってほしくはない。

乱れた息と共に否定すると、拓海は冷ややかな視線で一瞥《いちべつ》したまま肩をすくめた。

「今日は、そういうことにしておいてやる。でも、二度目はない」

それから自宅マンションへ向かう間、拓海は一言も話さなかった。

ピリピリと空気が張り詰めた車内に、二人きり。

これ以上何か余計なことを言って、怒らせたり……嫌われたりするのは怖い。その一方で、美琴はどうしても聞きたいことがある。百合子から聞いた、あのことを。

「……拓海、聞いてもいい？」

「何」

「私、退職じゃなくて休職扱いになってるって……どういうこと？　園長先生がそうお願いしてくれたって言ってたけど……」

拓海は眉をピクリと動かしただけで、「別に」と顔色一つ変えずに答えた。

「園長の言った通りだよ。彼女に頼まれて、それを受け入れた。社長就任早々、関係者と揉めたくはないからな。でも、お前が妙なことを考えればすぐに退職させる考えなのは変わらない。だからあえて言わなかっただけだ。別に、深い意味なんてない」

「じゃ、じゃあ！　拓海が涼風学園に多額の寄付をしてるっていうのは？」

拓海の肩が僅《わず》かに揺れた。

「拓海は言ったよね。もしも私があなたの言いつけを破ったら、涼風学園への送金を停止するって……それなのに、どうして？」

「『俺が寄付をしない』とは一言も言ってない。経営者としてできることをしただけだ」

「園長先生に私がお世話になった、って挨拶《あいさつ》もしてくれたって」

「妻が世話になったなら、礼を言うのは当然だろ」

「今までも何回か涼風学園に顔を出してるとも聞いたよ。それに遊具も沢山プレゼントしてくれたって。実際、滑り台もブランコも新しくなってた」

「柊グループは同じような施設をいくつも持ってる。現場を知るための視察に涼風学園を選んだだけで、他意はない。それにここをモデルに上手く運用できれば、他の施設にも転用できる。遊具は、子供たちが欲しがっていたから設置しただけだ。どれも経営者として当たり前のことをしたまでだ」

何をどう聞いても、拓海はすぐにもっともらしい返事をする。

まるで、事前に答えを用意していたように。

（ねえ、拓海。気づいてる？）

拓海がしたことは全て、美琴にとって嬉しいことばかりなのだ、と。

「……ありがとう」

感謝の気持ちが自然と口から出た。

再会した拓海に対してこんな風に素直な気持ちになれたのは、これが初めてだ。

不意打ちの礼に、拓海が驚いたように目を見開く。そんな彼を見つめながら、美琴は重ねて言った。

「涼風学園のためにありがとう、拓海。働いていた時間は短くても……あそこは、私にとって大切な場所なの」

拓海の言う通り、彼の行動に深い意味はないのかもしれない。

経営者としてすべきこと、できることをしたと言われればそれまでだ。

でも実際にそれを行動に移せる人が、果たしてどれほどいるだろう。

拓海は美琴を快《こころよ》く思っていない。それなのに、美琴にとって大切な場所に手を差し伸べてくれた。

それが純粋に嬉しかったのだ。

感謝を伝える美琴を、拓海はじっと見つめる。

彼はふう、と一息ついたのち、やはり淡々と言った。

「俺は自分のしたいことをしただけだ。礼を言われるようなことは、何もしてない」

それに、と拓海は続ける。

「……子供は本来、守られるべき存在だから」

まるで自分に言い聞かせているようだ、と美琴は思った。

どこか儚《はかな》げな雰囲気が漂《ただよ》う横顔に、美琴はなぜか何も言えなくなる。

すると拓海ははっとした表情をして、「何でもない」と短く言った。

「……今のは忘れてくれ、余計なことを言った」

「拓海？」

「さあ、着いたぞ」

拓海が話を打ち切った後、二人を乗せた車は地下駐車場に停まる。

「俺はこのまま会社に戻る。そのまま出張に向かうから、先に休んでいていい」

「今度はどこに行くの？」

アメリカに五日間、と拓海は答えた。

（そんなに……）

しかし、言葉にはしなかった。言ったらきっと、美琴が拓海を待っている、と思われてしまうから。

嫌っている相手にそう思われても重荷なだけだろう。だから代わりに美琴は言った。

「行ってらっしゃい。……体に気を付けてね」

驚きに目を丸くする拓海に、美琴は微笑んだ。

そして返事を待たずに扉を閉める。

出かける夫に挨拶《あいさつ》をしただけ。

それなのに、自分でも驚くくらい動揺していた。

Ⅵ

九条拓海、十七歳の夏。九条家に引き取られて三年後の日曜日の朝。

拓海は、メイドからの伝言を聞いて思わず眉間に皺《しわ》を寄せた。

「あいつが俺を呼んでる？　……俺じゃなくて兄貴の間違いじゃないのか」

不機嫌さを隠しもせず聞き返すと、メイドは目に見えて怯《おび》えた様子を見せる。自分の冷たい表情がそうさせていると分かっていても、彼女には悪いが優しく接しようなどとは思えない。

「い、いいえ。旦那様は拓海様をお呼びです。朝食を終えたら応接間に向かうように、と」

九条光臣。名前を聞いただけでその日一日ブルーになるくらい、拓海にとっては大嫌いな存在だ。

今の今まで飲んでいた珈琲《コーヒー》が一気に泥水に変わったような気がする。そんな男に今から会うなんて、一日どころか向こう一ヵ月は気分が悪くなりそうだ。

「……分かった。これを飲んだらすぐに向かう」

一人になった拓海はたまらずため息をつき、椅子の背にもたれかかる。

（朝から、疲れる）

天井を見上げれば、眩《まぶ》しいばかりに煌《きら》めくシャンデリアが視界に飛び込んできた。

拓海はそのままゆっくりと室内を見渡す。

艶《つや》やかな木目が美しい長テーブル。床一面に敷き詰められた、足を優しく包み込む赤絨毯《あかじゅうたん》。テーブルの中央には季節の花々が活けられており、重厚感あふれる室内をより華やかに見せていた。

しかし拓海の目にそれらは無駄としか映らない。

このダイニングルームは、旧侯爵邸の一室を移築したものだという。文化財的観点でいえばさぞ素晴らしいのだろうが、拓海に言わせれば「馬鹿馬鹿しい」の一言に尽きる。

たかだか食事をするだけの場所にいったいいくらかけるのか。

ただでさえ九条邸は、拓海に言わせれば無駄にだだっ広いというのに。

住居スペースや客間を合わせた部屋数は多すぎて数えきれない。

プールがあるのは当たり前。それも室内と室外の両方だ。

敷地内にはヘリポートもあるし、何なら小さい森まである。何もかもが桁違いの広さだった。

初めてここに来た時は流石《さすが》に圧倒された。ここは本当に日本なのかと疑ったくらいなのだ。

ここが九条。拓海の新しい家。

三年前の言葉通り、九条光臣は最高の環境を拓海に与えた。

豪華な屋敷に美味《おい》しい食事。身につけるものは全て一級品。欲しいと言えば何でもすぐに手に入る環境。名門と呼ばれる学校への転入。それらは確かに光臣にとっては最高のものだったのだろう。しかし拓海にとっては違った。そもそも、九条において拓海は明らかに異質で邪魔な存在だったのだ。

光臣の妻・倫子は拓海の存在を認めなかった。

彼女は事あるごとに拓海を罵倒し、時に無視したかと思えば、視界に入っただけで声を荒らげた。

女主人の態度は周囲にも影響する。親戚のほとんどは拓海をいないものとして扱い、使用人も腫《は》れ物に触るように接した。それは学校でも同じ。転校した拓海を待っていたのは陰湿ないじめだったのだ。

(下らねえ。本当にどいつもこいつも馬鹿ばっかりだ)

しかし拓海は黙っていじめられたりはしなかった。

もともと頭のできは悪くない。加えて光臣の用意した最高の環境を最大限に利用した。

知識、教養、礼儀作法。拓海はあらゆるものを貪欲に吸収し、自《みずか》らの血肉とした。

所詮は愛人の子と蔑《さげす》んだ奴らも全て「自分が上だ」と示すことで黙らせたのだ。

そうして過ごした三年間。

屋敷でも学校でも、今の拓海を表立って批判する人間はほとんどいない。だが、多忙な父親とはすれ違いの生活だし、義母とは犬猿の仲。使用人は拓海を怖がって極力関わろうとしない。

この広い屋敷で、拓海は一人だ。


「拓海」

重い気分のまま応接間へと向かっていると、廊下の対面から歩いてくる人がいた。

「ちょうど良かった。遅いから迎えに行こうと思ってたんだ。父さんが待ってるよ」

「兄貴もあいつに呼ばれてたのか？」

「もう用事は済んだけどね。それより、『あいつ』はやめておきなって。どこで誰が聞いているか分からないんだから。僕の前だけならいいけど」

「ならいいだろ。別に、誰に聞かれたって構わないけどな。親父なんて誰が呼ぶか」

吐き捨てると目の前の人は困ったように苦笑する。

彼の名は、九条貴文。十八歳の貴文は、母親違いの一歳年上の兄だ。

名門・九条家の長男。整った顔立ちに優しく温和な人柄。

拓海と同じ学校に通う彼は生徒会長を務め、在学中一度も学力テスト一位の座を譲ったことはない。

剣道部に所属しており、この夏の全国大会では史上初の三連覇を達成した。

文武両道を地で行く人物だ。

三年前、貴文は突然現れた異母弟に驚きながらも暖かく迎えてくれた。

この広い屋敷で彼だけが拓海を愛人の子ではなく、ただの拓海として扱ってくれたのだ。

拓海は一人だ。でも貴文がいるから、孤独ではなかった。

彼のスペアとしてこの家に引き取られたのだと分かっていても、彼の人柄に惹かれずにはいられなかった。野良犬精神で這い上がった拓海とは何もかもが正反対の、眩《まぶ》しいまでに優秀な兄。

「じゃあ、そろそろ行くな。これ以上待たせてうるさく言われるのはごめんだ」

「拓海」

応接間へと向かう拓海を貴文は引き止める。

「前も言ったけれど、なにか嫌なことがあれば僕に言うんだよ」

「なんだよ、急に」

「いや……拓海はすぐに強がるから、なんだか心配で」

「強くないとここじゃやっていけないからな。でも、ありがとう」

今度こそ兄と別れた拓海は、嫌々ながら応接間の扉をノックする。

「入れ」

「失礼します」

扉を開けると二つの視線が突き刺さる。

室内にいたのは二人。下座のソファには光臣、上座には客人が座っている。白髪の男の見た目は六十代半ばくらいだろうか。秀でて体が大きいわけではないのに、やけに存在感のある老人だ。

「――遅い」

言ったのは、光臣だ。拓海は「すみません」と心にもない謝罪を口にする。普段の光臣ならそんな息子の態度に難色を示すのに、今日は何も言わない。そればかりか光臣は珍しく緊張しているように見える。そうさせているのは間違いなく客人の老人だ。

(何者だ、このじいさん)

ちらりと客人の方を見ようとして、目が合った。その瞬間拓海は先ほどの兄の心配の理由を知った。

まるで汚物を見るようなその視線。継母の倫子と同じ目だ。

九条に来て数え切れないほど体験してきた無言の侮蔑に、拓海は無表情で対応する。

「拓海。こちらは柊重蔵様だ。ご挨拶《あいさつ》を」

促《うなが》されて「なるほどな」と納得した。光臣がやけに緊張しているわけだ。

柊重蔵の名前は九条家に来てすぐに叩き込まれた。名門九条家より更に格上の存在だ。

確かこの前、貴文と柊家の孫娘が婚約したとか言っていた気がする。

相手は中学一年生の女の子だとか。高校生で婚約者なんて、と思ったけれど、貴文はさして驚いていなかったところを見ると、上流階級では珍しいことではないのだろう。今日貴文が呼ばれていたのもそのためか、と納得がいった拓海は表情は固いまま、しかし口調は嫌味なほど丁寧に挨拶《あいさつ》をした。

「初めまして、九条拓海です」

重蔵は応《こた》える代わりに、拓海の頭のてっぺんからつま先にまで視線を注ぐ。

観察するようなそれにムカついて仕方なかったが、拓海はぐっと堪《こら》えて視線を受け止めた。

「……これが例の子供か。なるほど、若い頃のお前にそっくりだ」

ようやく口を開いた重蔵に、光臣は曖昧《あいまい》な笑《え》みを浮かべる。

「母親の血は選べないが、父親に似ているのは不幸中の幸いだったな」

「拓海は確かに私の息子ですよ、重蔵様」

「分かっている。九条家唯一の汚点だな」

汚点。本人を目の前にして、重蔵ははっきりとそう言った。

拓海は一切の表情を打ち消して、重蔵と向かい合う。

「拓海、と言ったか」

ここに来て初めて重蔵は拓海に話しかけた。

「はい」

「貴文は随分とお前を気にかけているようだが、お前の立場は貴文と対等ではないことを自覚しろ。あれは美琴と結婚し、私の後を継ぐ男だ。貴文に迷惑をかけることは許さん」

重蔵は拓海から視線を外す。これ以上言うことはない、と態度で表していた。

「お前は所詮、愛人の子だということを忘れるな。私が言いたいのはそれだけだ。――下がれ」


拓海は自室に戻り、愛用のカメラ――例のポラロイドだ――を掴《つか》むと屋敷の外へ出た。

(愛人の子なんて、あんたに言われなくても俺が一番分かってるんだよ、クソジジイ!)

柊重蔵。名前だけは知っていたけれど、本物はとんでもなく嫌な奴だった。

大切な孫娘の義弟となる拓海に釘をさしにきたのだろう。貴文の婚約者……名前は確か、美琴と言ったか。柊家の令嬢となれば、蝶よ花よと育てられたに違いない。加えてあの男の孫娘だ。

(どうせ、高飛車で我儘《わがまま》なクソガキに決まってる)

そんなのが婚約者だなんて貴文も可哀そうに。あの優秀な兄に初めて同情した。あの屋敷はいるだけで息が詰まる。特に今は、光臣と重蔵という気に食わない奴が二人もいるからなおさらだ。

こんな時、誰にも邪魔されずに過ごせる自分だけの空間が欲しくなる。

「……離れでも建てるか」

いいかもしれない。離れの一軒や二軒、ぽんと建てても九条家の懐《ふところ》は痛くも痒《かゆ》くもないはずだ。なんとなくの思い付きだが、少しだけ気分が浮上した拓海は一人、敷地内を散策する。

イライラした時、拓海は気になったものをレンズに映してシャッターを切ることが多い。こんな時だけは、だだっ広い敷地で良かったと思う。

森の中をずんずんと歩く。自然の中にいると荒ぶる気持ちが段々と凪《な》いでいくのを感じる。

そよぐ風。木々の間から差し込む木漏れ日。カサカサと音を立てる木々、陽光に照らされた根本、微《かす》かに揺れる花、自《みずか》らの影。何気ないそれらを心の赴《おもむ》くままに撮る。

気になるものがあれば遠慮なく買っているから、高性能なカメラは沢山持っている。

それらを使うこともちろんあるけれど、やはり母にもらったポラロイドで撮ることが圧倒的に多かった。画質は圧倒的に落ちるものの、アナログ故《ゆえ》の素朴さが好きなのだ。

そうして時間を気にすることなく撮影を楽しんでいた、その時だった。

レンズの中に一人の少女が映り込む。

少女の艶《つや》やかな黒髪が風に揺られてふわりと広がった時、拓海は気づけばシャッターを押していた。それは本能に近かった。勝手に指が動き、この瞬間を逃すなと心が叫んでいた。

少女は、中学生くらいだろうか。背中まで伸びた黒髪の彼女は、淡いライムグリーンのワンピースを着ている。ほっそりとした体つきに楚々《そそ》とした雰囲気。ふと、少女が弾かれたようにこちらを見た。レンズ越しに視線が合った拓海は、ばっとカメラを離した。

ドクン、ドクンと一気に心臓の鼓動が速まる。

(なんだ、これ)

全ての血管が沸騰したように体がかっと熱くなる。未だかつて経験したことのない感覚に戸惑う。そんな中でも、吸い込まれたように少女から視線が離せない。

その時、カメラからフィルムが出てきた。拓海は咄嗟《とっさ》に掴《つか》み損ね……それはひらりと宙を舞い、少女の足元にふわりと落ちる。待て、と言うより早く少女がそれを拾った。

まずい。意図せず隠し撮りになってしまった写真を本人に見られるなんて。

「悪い、それは——」

偶然撮ってしまっただけで深い意味はないんだ、と言い訳をしようとしたその時。

「すごく綺麗に撮れてる……これ、私……?」

写真を見た少女は驚き、次いでふわりと笑った。蕾《つぼみ》が花開くような笑《え》みに、拓海の胸は更に速まる。

これは、まずい。

(可愛すぎだろ)

不意打ちの笑顔の破壊力は凄まじかった。異性に対してこんなにも素直に可愛いと思ったのは、生まれて初めてだ。九条姓になって三年、いわゆる上流階級の令嬢たちとはそれなりに交流している。中には芸能人並みに綺麗な女性もいたが、彼女ら相手にこんな風に動揺したことは一度もない。

「あっ……！」

写真から顔を上げた少女は、拓海を見てはっとする。

「ごめんなさい！　あの、私、道に迷ってしまって」

「……迷子？」

少女はか細い声で「はい」と頷く。恥ずかしがる姿さえも可愛らしくて、たまらずため息が漏れた。

すると、少女が一瞬肩を揺らす。小動物が怯《おび》えるような姿に拓海は慌てた。

「あっ……と、今のは違う。責めたわけじゃなくて――」

怯《おび》えさせたいわけではない。拓海は必死に言葉を探す。

「うちは無駄に広いから、迷うのも仕方ない。俺も敷地内を全部把握しているわけじゃないから」

「『うち』？　じゃあ、九条家の方ですか？」

「一応な。俺は、九条拓海」

こんなにも人目を惹く少女を覚えていないはずがないから、初対面なのは確かだろう。

使用人には見えないし、客人だろうか。

「お前は？」

「あっ！　ご挨拶《あいさつ》が遅れてごめんなさい」

少女は、体の前で両手の平を重ねて丁寧な礼をする。

流れるような所作に、拓海は思わず目を惹かれ——次いで、息を呑んだ。

「柊美琴と言います」

「美琴……って、あのクソジジイの孫!?」

直後、拓海ははっとする。——今、自分は何と言った。

目の前の美琴は固まっている。当然だ、突然自分の祖父をクソジジイ呼ばわりされたのだから。

(馬鹿じゃないのか……)

己《おのれ》の失態に頭を抱えたくなる。実の孫に面と向かって言っていい言葉ではなかった。

この三年、たとえ相手がどんなに嫌味な相手であろうと最低限の礼節を持って接してきた。

自分を守るためでもあるし、相手に付け入る隙を与えないためだ。

それなのにこんな失態をするなんて。しかし驚くのも無理はない。

高飛車で我儘《わがまま》。美琴は、そんな拓海の想像していた孫娘像とまるで正反対だったのだ。

「悪い、今のはその……悪気は、なかった」

はっきり言ってしまった以上フォローのしようもなく、今更猫を被っても仕方ない。珍しく動揺する拓海に美琴はぽかんと呆けたように口を開け——くすっと噴き出した。

「……なんで笑うんだよ」

つい突っ込んでしまう。すると美琴は笑いをかみ殺しながら「だって」と答えた。

「お、面白くて……お祖父様のことをそんなふうにはっきり言う人、初めて」

怒るならまだしも笑うとはどういうことか。眉を顰《ひそ》める拓海の前で美琴は何とか笑いを治め、言った。

「お祖父様に何か言われましたか?」

それは、またしても予想外の言葉だった。

「……どうしてそう思うんだ」

「やっぱり」

美琴は眉を下げる。

「貴文さんがあなたのことをすごく褒めてたんです。そんな人が言うくらいですから、お祖父様が何か失礼なことを言ったのだろうと。お祖父様も難しい性格だし……ごめんなさい。お祖父様に代わって謝ります」

「なんで、お前が謝る?」

拓海の指摘に、美琴は薄く笑《え》んだ。

「……私には、それくらいしかできないから」

その曖昧《あいまい》な答えに、拓海はどういう意味かと言いかける。しかし、美琴の表情を見て口をつぐんだ。

年齢には似つかわしくない憂《うれ》いを帯びた表情。

今にも消えそうな儚《はかな》げな雰囲気の彼女に、拓海は手を伸ばそうとし——ぐっと拳《こぶし》を握った。

(何を、俺は)

相手はあの柊重蔵の孫で、貴文の婚約者だ。普段の拓海なら絶対に関わり合いたくない存在のはず。しかし美琴を見ていると何だか落ち着かなくて、そわそわする。

相変わらず胸の鼓動は速いままだし、彼女と会ってから調子が狂いっぱなしだ。

「腹の立つことを言われたのは確かだ。でもそれとお前は全然関係ない。お前が謝る必要なんて微《み》塵《じん》もないから」

とにかく、年下の女の子に謝罪されるなんて居心地が悪い。彼女が何も悪くないのだからなおさらだ。

これでこの話は終わりだ、と半ば強制的に拓海は打ち切ると、美琴は目を瞬《また》かせた後、ふわりと微笑んだ。

「ありがとうございます。拓海さんは、優しいですね」

不意打ちの賛辞に拓海は固まり、次いで猛烈な恥ずかしさに襲われた。

冷たいと言われることはよくあるが、優しいなんて言われたことはない。

照れる、なんてことも多分これが初めてだ。

「……呼び捨てでいい。敬語も必要ないから」

結果、照れ隠しから拓海は斜め上の答えを返す。しかし幸いにも美琴は不思議に思わなかったらしい。

「『拓海』？」

彼女は小さく拓海の名前を呼ぶ。

「……男の人を呼び捨てにするなんて、初めて」

頬を薄《うっす》らと赤く染めて恥じらう姿の可愛さたるや。

いけ好かない小娘を想像していたのが、その実態はとんでもなく可愛くて可憐《かれん》な少女だった。

そのギャップだけでも衝撃だったのに、呼び捨てとはにかみの攻撃力は凄まじい。

それから拓海は美琴と共に屋敷へと戻った。しかし建物が見えてきたところで、ピタリと止まる。

「ここまで来れば後は大丈夫だよな」

「拓海さ……拓海、は？」

「俺はもう少し外にいる。まだ撮りたいものがあるんだ」

本当はもう帰っても良かった。美琴と話していて重蔵に対する苛立ちはすっかり治まっていたから。

でもそれはできない。拓海と一緒にいるところを見られたら、美琴が祖父に何を言われるか分からないからだ。拓海の返事に美琴は何かを言いかけて、すぐに口を閉ざす。

彼女は拓海の真意に多分、気づいている。知り合ったばかりだけれど、美琴は年齢以上に聡《さと》い。

「そっか。……あ、この写真も返さなきゃ」

美琴が差し出したそれを拓海は受け取らなかった。

「やるよ」

「いいの？」

「お前が嫌じゃなければ、だけど」

「ありがとう。……嬉しい。大切にするね」

いわば隠し撮りの写真を、美琴は宝物のように両手で包み込む。

「大袈裟だな。柊家のご令嬢なら、写真なんて撮られ慣れてるだろ?」

「そうだけど……私、目立つのが苦手なの。人に見られると緊張して固くなるから、うまく笑えなくて。だから写真を撮られるのはあまり得意じゃないの」

でも、と美琴は続ける。

「拓海が撮ってくれたこれは、好き」

「っ……!」

好き。

その二文字に、胸が跳ねる。

「今日、あなたに会えて良かった。これからもお邪魔することがあると思うけど……よろしく、ね?」

美琴は最後にもう一度笑うと、拓海に背を向けた。

その後ろ姿が見えなくなった途端、拓海はその場にへなへなと座り込む。

「なんだよ、あれ」

分かっている。美琴が好きと言ったのはあくまで写真のことで、拓海自身ではない。

だからこんな風に動揺する必要なんてないのに……頭では理解していても、頬が火照《ほて》るのを抑えられない。美琴の目の前で赤くならなかったのが奇跡だと思う。

「……最後のは、反則だろ」

あんな風に自分の写真を褒められたのは初めてだ。そして九条拓海になってから、拓海を見下さない令嬢も美琴が初めてだった。


柊美琴は、色んな意味で想定外だった。

容姿はもちろんだが、特に気になったのは美琴の憂《うれ》い顔と言葉だ。

柊家の令嬢という生まれを考えると、彼女は極端に低姿勢で自己評価が低いように見えたのだ。

その原因は後日、貴文から聞かされた。

美琴の母親は重蔵によって柊家から追い出され、父親もまた愛人を理由に勘当されたこと。

それ以来、重蔵は美琴に対していっそう厳しく接するようになったこと……

儚《はかな》い笑顔の裏にある事情に拓海は驚いた。同時に、そんな風に美琴に興味を持つ自分に困惑した。

昔から他人に対する興味は薄かった。九条になってからはなおさらだ。

唯一の例外は貴文だ。優秀で人望ある兄に憧《あこが》れ、兄以外の人間はみな敵だとさえ思っていた。そんな拓海が興味を持った初めての存在が、美琴だった。

最初は出会い方が印象的だったから忘れられないだけだと思った。

美琴を見た瞬間の胸の高鳴りも彼女の容姿に惹かれただけで、一過性の感情にすぎないのだ、と。

しかし、その後も拓海は気づけば美琴のことを考えていた。

相手は四歳も年下の中学生の女の子。そして、兄の婚約者。

会う頻度は多くて月に一度。美琴が貴文に会いに来た時に、タイミングが合えば顔を合わせるくらい。

しかしなぜか拓海は、美琴と顔を合わせるたびに落ち着かない気分になった。

……好きだと気づくのに、そう時間はかからなかった。

しかし拓海は息をするように自然に、その気持ちに蓋をした。

兄の婚約者を想ったところで報われるはずがないのだから。

彼女と会うのはお茶の時間が多かった。当然ながら、主役は貴文と美琴だ。

会話を先導するのは貴文で、美琴はもっぱら聞き役だったけれど、二人の間には穏やかな空気が流れていた。貴文といる時の美琴は、とてもリラックスしているように見える。しかし、拓海に対しては違った。出会った時の会話が嘘のように、彼女は拓海に対してだけ言葉数が減ったのだ。

遠慮しているのか、怯《おび》えているのか、それとも……嫌われているのか。

何度も自分がこの場にいる必要はないと思ったが、兄に誘われれば断れない。

それに、彼女と過ごす時間は、自分でも驚くくらいに居心地が良かった。


出会ってから三年。拓海は一定の距離を保って美琴と関わり続けた。しかし表面上は冷静な弟を保っていても、本心は違った。

昨日よりも今日、今日よりも明日……彼女への想いは日増しに強くなっていく。

こんな日々が続けばいつかは歯止めが利かなくなる。

自身にそう警鐘を鳴らす一方で、「想うだけは自由だ」と甘く囁《ささや》く自分がいた。

美琴はまだ高校生。貴文と実際に結婚するまではまだ何年もある。

いつか来るその日までに、自分の気持ちを整理しておけばいい……と。

しかし安穏と構えていた日に、突如として終わりが訪れた。

拓海が二十二歳、美琴が十八歳の時。拓海は、彼女が大学卒業と同時に結婚することを聞いたのだ。

その瞬間、拓海は自分の心の中で何かが折れたのを感じた。

（……もう、無理だ）

好きな気持ちを抑えるのは、限界だった。

「いつか」ではなく「四年後」に美琴は結婚する。その時拓海は、「おめでとう」と笑顔で言えないだろう。確かなカウントダウンが始まったこの四年間を、今までのように過ごせる自信はない。

だから拓海は、逃げたのだ。――美琴のいない国へ。

その後、拓海は必死に勉強をしてＭＢＡを取得、そしてインターネット関連会社を設立した。

異国で過ごす日々は楽しいことばかりではなく、むしろ辛いことの方が多かった。それでも、日本にいた頃よりは間違いなく充実していた。「貴文のスペア」でも「愛人の子」でもなく、ただの拓海として過ごす日々は、自分が生きていると肌で感じることができたのだ。

そうして過ごすうちに会社も軌道に乗り、ずっと胸の奥で温めていたフォトグラファーの夢を追うことにした。

初めはまるで相手にされなかったけれど、ある時、世界的にも有名な賞を受賞したことで風向きはがらりと変わった。個展を開くことが多くなり、パトロンも増えた。

会社経営によって相当の資産は得たけれど、自分の写真が評価されるのはやはり嬉しい。

そうして過ごした四年間、美琴を忘れることはできなかったけれど、忙《せわ》しなくも充実した日々を過ごすうちに彼女を思い出す回数は確実に減っていった。

きっと美琴への想いはこのまま薄れていく。いつの日か、青くさい思い出の一つになるはずだ。

そう、思っていたのに。

『貴文がいなくなった。秘書の女と一緒らしい。最後に貴文を見たのは、美琴さんだ。……あの馬鹿め、あろうことか美琴さんの見送りの後で他の女と消えるなんて……！』

そう光臣から連絡が来た時は声が出なかった。

詳細を聞いてまず湧き上がったのは、激しい怒り。拓海が兄に対してそんな感情を抱いたのは、これが初めてだった。気がかりなのは美琴だ。拓海から見た二人はとても上手くいっているように見えた。貴文は美琴を慈《いつく》しみ、美琴はそんな兄を好いていたのに。

(美琴)

四年間会っていない愛しい少女。彼女は今、どれほど傷ついているだろう。

美琴は泣いていないだろうか。

今すぐ飛んで帰りたかった。あの華奢《きゃしゃ》な体を抱きしめたかった、慰《なぐさ》めたかった。

重蔵から連絡が入ったのは、そんな時だ。重蔵は、貴文の代わりに美琴と結婚することを求めた。

拓海を柊家の婿養子として迎える。それと引き換えにフォトグラファーを辞め、日本に帰国して柊商事の新社長となるように、と。

……正直なところ、かなり悩んだ。

日本への帰国はすなわち、今ある自由を全て捨てるということだ。

この話を受けたが最後、愛人の子としてではなく一個人を評価される世界から、かつてのしがらみと偏見に満ちた世界に戻ることになる。悩んで、悩んで、眠れなくなるくらいに悩んだ。

それでも最終的に受け入れた理由は、三つある。

一つは、重蔵の手から元いた会社の仲間たちを守るため。

一つは、九条光臣を見返すため。

そして……美琴を手に入れるため。

せっかく掴《つか》んだ夢を手放すのは惜しいし、重蔵の家族になることも生理的に受け付けない。

しかし、これはチャンスでもある。

「九条拓海」から「柊拓海」になる。母親が死に、九条家に引き取られた時と同じことをするだけで、傷ついた美琴の力になれるなら。

絶対に手に入らないと思っていた彼女の夫になれるなら。

美琴は拓海のことが苦手だろう。しかし、夫婦として過ごし、時間をかけて少しずつ彼女の傷ついた心を癒《いや》していけばいい。そしていつか自分を好きになってもらえれば……そう、思っていたのに。

『ごめんなさい』

再会した美琴は、拓海を拒絶した。涙を流して嫌がった。

(そんなに俺が嫌いか。兄貴のことが好きなのか)

貴文はお前を捨てたのに。お前以外の女を選んだのに。

そんな男よりも嫌だというのか。

淡い期待を抱いていた。今じゃなくていい。いつかは好きになってもらえるのではないか、と。

なんて、バカだったのだろう。

分かっていたはずじゃないか。自分は所詮貴文のスペアで、彼以上の存在になんてなりえないと。

愚かにも夢を見た結果が、このざまだ。

でも、貴文は美琴を捨てた。ならもう、誰に遠慮することはない。

『諦めろ、美琴』

お見合いの席。泣いて嫌がる美琴に無理やりキスをした。

涙を流す美琴に心は痛んだけれど、結婚をやめようなんて気は微塵《みじん》もなかった。

(ずっと、欲しかった)

柊の後継者としての立場は、彼女を手に入れるための付属品にすぎない。

今も昔も心から欲しいと、触れたいと願う存在は彼女だけだ。

だからこそ、もう二度と離さない。たとえ泣いて嫌がられようとも、手放せない。

心が手に入らないのなら、体だけでも手に入れてやろう。

最低だと思う、酷いことをしていると思う。それでも一度箍《たが》が外れたが最後、戻れない。

本当は優しくしたい。真綿にくるむように彼女を守り、慈《いつく》しみたい。

しかし、嫌いな相手に優しくされても嬉しくないだろうし、気安く接しても重荷になるだけだろう。

だから極力、冷淡に接するように努めた。

この想いが、ばれないように。

自分という存在が、彼女を苦しめているのを知っているから。

Ⅶ

「――ミ、タクミ……」

自分を呼ぶ声に拓海は目を覚ました。一瞬、ここがどこか分からず視線をさっと動かす。

直後目に飛び込んできたのは、宝石みたいに綺麗なエメラルドの瞳。豊かなブロンドの髪にぽってりとした赤い唇の持ち主が拓海を見ている。

「タクミ、大丈夫？」

「……ソフィー？　大丈夫って、何が……」

「寝ぼけてるの？　うなされてるから声をかけたんだけど。そろそろ離陸するから揺れるよ。寝るならもう少し落ち着いてからのほうがいい」

その言葉を聞いて、今自分がいるのが機内であることを思い出す。

「……悪い。俺、何か寝言言ってたか？」

「特には。難しい顔をしたりにやにやしたり、忙しい様子ではあったけど」

からかい交じりの答えに、拓海は「もういい」と素っ気なく答えた。

（……夢、か）

随分と懐かしい夢を見た。疲れもあるのだろうか、まだ少し頭がぼうっとする。

柊商事の社長に就任して以来、拓海は分刻みのスケジュールに追われていた。

実質的な仕事はもちろん社内外の人間との顔合わせや会議、会合……とやることは山積みだ。

この間で海外にも行ったし、国内でも飛行機に数回乗った。体力には自信がある方だったが、この過密スケジュールは流石《さすが》に応《こた》える。今もまた、五日間のアメリカ出張を終えて帰国するところだ。

「そうだ、寝起きで悪いけど報告したいことがあるんだ。いい？」

「ああ」

「頼まれていた結婚披露パーティーの件、会場の手配、招待状の発送にその他諸々全て終わったよ。詳細は送っておいたから、後で最終チェックをよろしくね」

「了解」

ソフィアとは大学院時代からの付き合いということもあり、かなり気安い。彼女も二人きりの時には、大分言葉が砕ける。実際、社内で拓海をこんな風に名前で呼ぶのはソフィアだけだ。

「日本まであと十四時間、長いなあ」

仕事の会話が済むと、通路を挟んで隣に座る彼女は、「あーあ」と大きく伸びをしながら息をつく。

「……あ、そうだ。タクミ、ここ最近気になってることがあるんだ、聞いてもいい？」

「嫌だ。断る。暇なら寝てろ」

暇つぶし要員にされてたまるかと、速攻で断る。しかしソフィアは聞こえないふりをして続ける。

「君って、本当に新婚さん？」

「……何言ってるんだ、いきなり」

「だって、新婚さんってもっとこう、キラキラっ！　って感じじゃないの？　そうじゃなくてもあんなに可愛い人を奥さんにしたんだから、もっと浮かれていいはずなのに、今のタクミは……ああそう、『社畜』って感じ」

「……変な言葉を覚えなくていい。漫画の読みすぎだ、日本ヲタクが」

拓海の冷ややかな言葉にソフィアは肩をすくめた。

ソフィアは見た目こそ迫力のある金髪美女だが、その中身はかなりの変わり者である。

仕事が抜群にできる彼女を秘書に誘ったのはいいものの、断られる可能性もあった。しかしソフィアは二つ返事で了承した。「本場に行けばマンガもアニメもリアルタイムで見られる！」というのが理由である。生粋《きっすい》の日本文化ヲタクである彼女は、日本語は読み書き共に完璧だ。

「だって、社長就任から一ヵ月馬車馬みたいに働いてたのは、準備万端で奥さんとの生活をスタートさせるためでしょ？　ようやく当主問題も解決したのに、なんでそんなに暗い顔してるわけ？」

「俺はもともとこの顔だ」

拓海は適当にごまかしたが、内心はげんなりしていた。

婚姻届から同居スタートまで一ヵ月を要したのは、社長業の他に理由がもう一つある。

九条家の当主問題だ。

九条家の次期当主は、三男の礼。しかし礼はまだ十五歳の高校一年生で、当主になるには若すぎる。そこでしばらくは拓海が代行を務めることになったのだが、光臣の妻・倫子の反発が想像以上に激しかったのだ。最終的には夫や礼の説得もあり、礼の成人を待って当主を引き継ぐことで落ち着いたのだが、ここで想像以上の時間を取られたのには、正直言って辟易《へきえき》した。

「とにかく、もう少し新婚感を出してもらわないと私が困る。それが無理なら早めに家に帰ったら？　君を見てると、寝に帰っているだけだよね。この前だって奥さんが一人で出かけたって聞くなり会社を抜け出すくらいなんだから、仲はいいはずだし」

「うるさい。大体、俺の結婚事情がどうしてソフィーに影響するんだ」

「愛人呼ばわりされて迷惑してる」

「……愛人？　誰が」

「私が、君の」

「馬鹿馬鹿しい。俺とお前がどうにかなるわけないだろ」

「まったくもって同感だね。でも、一部でそういう噂が立っているのは事実だ。秘書だから一緒にいる時間が長いのは当たり前なのに、本当に馬鹿馬鹿しい」

とにかく、とソフィアは真顔で言った。

「万が一にもこんな下らない噂が奥さんの耳に入って、揉めごとになるのはごめんだよ。面倒ごとは嫌いだし、ありもしない疑惑で嫉妬されて、彼女に嫌われたくない」

「噂については出所を確かめて対処する。あと、妻が嫉妬するなんて心配はしなくていい。……そんなことは、絶対にありえないから」

拓海を嫌っている美琴がソフィアに嫉妬することは、まずない。

拓海の答えにソフィアは訝《いぶか》しみながらも、とにかく、ともう一度念を押す。

「こうも仕事漬けじゃ君も体がもたないし、奥さんだってきっと寂しい思いをしてるはずだ。どれだけメールや電話をしても、実際に会うのとは比べ物にならないからね」

これに拓海は眉を寄せた。

「別に、メールも電話もしてないが……」

「だって出張中ずっと、空き時間があればずっとスマホをいじってたよね」

「仕事をしていただけだ」

「……一応聞くけど、もしかして結婚してから一度もデートしてない、とか言わないよね？」

「俺が仕事漬けなのはソフィーも知ってるだろ？」

食事も別々だ、と告げるとソフィアは目をきっと吊り上げる。

「しんっじらんない！　最低、女の敵、ボクネンジン！」

うるさい、と拓海が眉を寄せてもソフィアは気にした素振りもなく、顔を赤くして不機嫌を露《あらわ》にする。

「ありえない。じゃあ、奥さんは普段、あの広いマンションにずっと一人なの？」

「それ、は……」

「ちょっと待って」

ソフィアはすぐにタブレットをいじり始める。彼女はぶつぶつと何かを呟《つぶや》くと「よし」と頷いた。

「帰国したその日はオフにしよう。昼過ぎには空港に着くから、半日時間が取れる。今入っている予定は別の日に変更可能だ。午後は奥さんとデートでもすればいい。……そうだ！　結婚披露パーティーに着るドレスがまだ決まってないって言ってたよね。せっかくだからその日に二人で一緒に選びに行けばいい。デートもパーティーの準備もできる。一石二鳥だ」

「勝手なことを言うな、そんなことできるわけ――」

「できるから言ってるんだよ。いい、タクミ。優秀な人間ほど時間管理が上手なものだ。今の君は、必要以上に自分に仕事を課しているように見える。食事だって、私がいくら注意してもおろそかにしてる。サプリメントと栄養ドリンクの力を過信しすぎだよ」

ソフィアの小言は続く。

「それに、たった一日休んだところでどうにかなるくらいなら、君は柊商事の社長の器《うつわ》じゃないってことになる。私は、何か間違ったことを言ってる？」

拓海は反論しなかった。できなかったのだ。

「仕事がどうしても気になるなら、何か急なことや君にしか分からないことがあれば電話すると約束する。だから、ね？」

「……分かったよ」

仕方なしに承諾すると、ソフィアは満足そうに頷いたのだった。


その後は到着するまでの時間を各々《おのおの》で過ごした。

(それにしても)

窓の外を眺めながら、拓海はソフィアの話を思い出す。

(愛人なんて、冗談じゃない)

その存在を忌《い》み嫌っているのは拓海自身だ。拓海の母親は愛人だったが故《ゆえ》に捨てられた。

そんな自分が九条光臣と同じ道を辿《たど》るなんて、ありえない。

自分だけはあの男のようには絶対ならない——そう、思っていたのに。

『お前の願いはなんでも叶えると約束するよ。でも、俺を拒否することだけは許さない。逃げることも、絶対に』

あの時、頭には光臣の存在なんて欠片《かけら》もなかった。つまりあれは、拓海自身の言葉だ。

全てを与える代わりに、九条に尽くせと命じた光臣。

全てを与える代わりに、絶対に逃げるなと命じた拓海。

(結局、蛙の子は蛙ってことか)

そんな自分に心底嫌気がさす。……それでも。

(やっと、手に入れたんだ)

たとえどんなに嫌われていても、逃がすつもりなんて毛頭ない。

だからチョーカーで縛り、監視して、閉じ込める。

冷静な自分は、彼女の笑顔を望んでいる。初めて彼女と出会った日のような笑顔をもう一度見たいと思う自分がいる。でも、美琴の前に立った途端、もう一人の自分が顔を出す。

誰の目にもさらしたくない。

拓海以外を見られないようにしてしまいたい。

自分の知らないところで美琴が一人で出かけるなんて、想像しただけで苛立ちが募《つの》る。

もしもその場で他の男に声をかけられたら？　彼女が自分以外の男を気に入ったら……？

考えるだけで、腹立たしい。

だから美琴が一人で涼風学園に向かったと知った時は、いてもたってもいられなかった。

いざ彼女のもとへ向かってみると、美琴は山本と談笑していた。山本を見た瞬間、拓海はすぐに彼が美琴に好意を抱いているのに気づいた。あの瞬間の胸のざわめきは、今でもはっきり覚えている。

(俺の美琴に、近づくな)

思った瞬間、美琴の名前を呼んでいた。湧き上がる嫉妬心を抑えきれず、見せつけるように彼女の腰を抱き寄せた。嫉妬に駆られて黙らせるためのキスをしたのだ。

いずれも美琴の尊厳を傷つけるような行為だっただろう。それでも彼女は、言ったのだ。

『……ありがとう』

『行ってらっしゃい。……体に気を付けてね』

あの時の拓海は、驚きと動揺で返事をすることができなかった。

まさか、自分に向かって笑ってくれるなんて……体を気遣ってくれるなんて、思わなかったのだ。

あの笑顔が美琴の本心でも、作り物でもどちらでも良かった。

重要なのは、彼女が嫌いなはずの相手にああして笑いかけてくれたということ。

拓海を無視することも、罵《ののし》ることもできただろう。でも彼女はそうはしなかった。

お礼を言って、笑ってみせた。こんなにも最低な自分に一歩、歩み寄ってくれたのだ。

(それなのに、俺は……)

閉じ込めて、自由を、体を奪って――美琴とは、まるで正反対だ。

アメリカに発《た》つ前、出張中、そして今も、美琴の笑顔が頭から離れなかった。

そのたびに思ったことがある。

このままでいいのだろうか、と。

拓海に優しくされるなんて、美琴にとっては本意ではないだろう。それでも彼女が笑顔を向けてくれたように……自分も少しだけ、素直になってもいいだろうか。

悩んだ後、拓海は久しぶりに美琴へのメッセージを送った。

『日本時間の明日、帰国する。午後は休みだから出かけよう。午後一時ごろ迎えの車が行くように手配しておくから、そのつもりでいてほしい』

内容はごく簡単にとどめた。

(デート、か)

ソフィアが与えてくれたせっかくの機会。

美琴と二人で気の赴《おもむ》くまま出かける。彼女が望むものを何でも買って、笑顔が見られたら……それは、想像しただけで冷え切った心がほのかに温かくなるほど、幸せな気分になれる。

現実はそううまくはいかないだろう。美琴が拓海と出かけることを喜ぶとは思わない。

それでも明日は、許される限り彼女に優しく接したい。

美琴には不審がられるかもしれないが、その時は結婚披露パーティーに備えてだとでも言えばいい。

実際、来週には二人の結婚披露パーティーが開催される。そこである程度の仲の良さを演出するためにも、二人で過ごすことに慣れておく必要があるのだから。

(もしも俺のことを好きになってくれたら……何よりも大切にするのに)

今だけは、そんな幸せな夢を見てもいいだろうか。

そう思いながら、拓海はゆっくりと瞼《まぶた》を閉じたのだった。

Ⅷ

涼風学園を訪れてから、五日後の朝。一人目覚めた美琴は、拓海専用のスマホにメッセージが来ているのに気づいて飛び起きた。すぐに開いて、今度は驚きで固まる。

『日本時間の明日、帰国する。午後は休みだから出かけよう。午後一時ごろ迎えの車が行くように手配しておくから、そのつもりでいてほしい』

(出かけるって……二人で……？)

寝起き直後に加えて突然の誘いに考えがついていかない。その後も何度もメールを読み返したけれど、書いてあるのは最低限のことばかりだ。詳細を聞きたくとも相手は今、空の上。

そして今、日本時間の午前八時。拓海が指定した時間まであと五時間もある。美琴にできるのは大人しく待つことだけだが、どうにも落ち着かない。何か気分転換になるようなことはないだろうか——そう思い、意味もなくスマホを触っていた時だった。

「あれ、もう一通来てる」

すぐに開いて、驚いた。メールの送り主《ぬし》は、ソフィア・ミラー。

(ソフィアさんが、私に？)

そういえば初めて会った時連絡先を交換した気がする。しかし直接メールが来るのは初めてだ。

内心ドキドキしながら開くと、今度は別の意味で驚いた。

『社長の好きな食べ物をご存知でしたら、作っていただくことは可能でしょうか？　奥様の手料理でしたら、社長もきっと喜んで食べると思います』

それは、意外にも料理の依頼だった。

(そういえば)

初めてソフィアと顔を合わせた時、彼女は拓海が食事もろくに取らないことを嘆いていた。

拓海と日中過ごすことはほぼないため、彼の食生活は把握していなかったが、今でも食事をおろそかにしているのだろうか。最近会った拓海の顔を思い出す。確かに、心なしか疲れていたような……

妻なのに、美琴にはそんなことも分からない。

多忙な拓海との接触はほとんどが夜だから、仕方ないといえばそうかもしれない。それでももし、自分にできることがあるのなら……作ってみようか。

幸いにして、このマンションには二十四時間営業のスーパーがある。

拓海の好物は分からないけれど、とにかく色々作ってみよう。

美琴はすぐに身支度を整えて部屋を出ると、敷地内のスーパーに向かった。

何を作るかを考えるよりも前に、目についたものをどんどんカゴに入れていく。

会計を終えてみれば、実にスーパー袋三個分も買い込んでいた。それを一人で部屋まで運んで、大きな冷蔵庫に入れていく。

それからは、まさに水を得た魚だった。昔、母親と矢島と一緒に料理をした時のことを思い出しながら、次々と作り上げていく。二時間後、キッチンテーブルの上には十種類近くの料理がずらりと並んでいた。和食に中華、洋食……と我ながら圧巻の光景だ。

「作りすぎた、かな……？」

今からホームパーティーを開きますといわんばかりの量だ。柊の屋敷ならば使用人の皆に食べてもらうこともできたけれど、いくら楽しいとはいえ、さすがに作りすぎたかもしれない。

二人で食べるならば、ちょうど良いのかもしれないけれど。

(なんて、ね)

一度頭に浮かんだ考えを美琴はすぐに打ち消した。同居を始めてから、美琴と拓海が同じ食卓を囲んだことは、一度もない。そもそもソフィアに言われて作ってはみたけれど、彼がこれを食べるとは限らないのだ。拓海だって、わざわざ嫌いな人間と一緒に食事したくないだろう。

……でも。

拓海が、美琴の料理を美味《おい》しいと言ってくれる。

二人で一つの食卓を囲み、一緒に食事をする。

そんな光景は訪れないとしても思い浮かべるだけで、幸せな気分になれる。それはきっと、離婚する前の両親と幼い自分が笑顔で食事をしていた頃が、一番幸せだったころの記憶だから。

(想像するだけなら、いいよね)

久しぶりに思う存分料理をしたせいか、気持ちがスッキリしていた。

その後昼食としてかなりの量を食べたけれど、残りはまだまだ残っている。これらは冷めてから冷凍すればいいだろう。そう思いながらエプロンを外して何気なくスマホを見て、はっとする。

スマホの右上に表示された時間は——十二時四十五分。

「どうしようっ……！」

迎えが来るまで、あと十五分。服は部屋着にエプロンだし、すっぴんのまま。しかし今から洋服を選んで髪の毛を整え、メイクをする――なんて時間は全然ない。

まずはこの料理の山をしまわなければ。美琴は急いでタッパーに入れると、冷蔵庫に収納する。

その後、目についた服に着替えて最低限髪の毛を整えて、部屋を飛び出した。


拓海が手配したハイヤーは、美琴を乗せて空港へと向かった。

それから約四十分、車が空港に到着したのとほぼ同時にスマートフォンが振動する。

ディスプレイに表示された名前は、もちろん拓海。しかしメッセージすら珍しいのに、電話してくるなんてこれが初めてだ。美琴は声が上ずりそうになるのを堪《こら》えて通話ボタンを押す。

「も、もしもし……？」

『美琴？』

五日ぶりの拓海の声。スマホ越しに名前を呼ばれただけで、ドクン、と胸が跳ねる。

『今、到着ロビーにいる。お前は？』

「私も今着いたところだよ。じゃあ、そっちに……」

『――いい。俺がそっちに向かう。美琴は絶対に車から降りるな、いいな？』

言って、電話は切れた。どうやら拓海はどうしたって美琴を外に出したくないらしい。

（そんなに私を外に出したくないなら、どうして呼んだの？）

そもそもこの外出自体が謎だ。今まで日中顔を合わせることもなかったのに、突然休みを取ったから出かけようだなんて……そう不思議に思っていると、窓の外に拓海の姿を見つけた。

やはり、どこにいても彼は目立つ。

すらりと均整の取れた長身。艶《つや》のある黒髪に完璧な配置の顔立ち。そしてその傍《かたわ》らには、予想通りソフィアがいた。歩いているだけなのに、二人が並び立つとまるで映画のワンシーンのようだ。

その証拠に、すれ違う人は皆一様に二人を二度見している。

その時、拓海がこちらに気づいた。彼は足早に車に近寄ると、運転手よりも早く扉を開けて美琴の隣に乗り込んでくる。彼はそのまま自分でドアを閉めると、運転手に向かって言った。

「銀座方面へ」

「承知いたしました」

そして車は走り始めた。これに驚いたのは美琴だ。

後ろを見ると、窓越しのソフィアは笑顔でこちらを見送っている。

「ソフィアさんは良かったの？」

「あいつは会社に戻るから。それに、オフの時間まで一緒にいる必要はないだろ」

答えは実にあっさりしていた。二人が一緒にいることに悶々《もんもん》としていた美琴は拍子抜けする。

「それより、俺がいない間、変わったことはなかったか？」

帰国して早々の動向確認に、気分が沈みそうになるのをぐっと堪《こら》える。

「特に何も。これがあるから、私の動きは把握してるんでしょう？」

チョーカーに触れて平静を装《よそお》いながら答えると、拓海は「一応、確認だ」と短く言った。

「昼飯は済ませた？」

これに美琴は黙ってうなずいた。料理をしていたのだ、とは言わない。

「ならこのまま向かっていいな」

「……今日は、どこに行く予定なの？」

「来週のパーティーで着るドレスや小物を見に行こうと思う。外商を呼ぶのも考えたけど、できればあの家に外部の人間は入れたくないから」

拓海は老舗《しにせ》百貨店の名前を挙げた。

先方には連絡がいっており、後は美琴の到着を待つばかりだという。

「その後は、パーティー会場の逢坂ホテルで当日の簡単な打ち合わせをしたい」

「打ち合わせ？」

「パーティー自体の詳細はもう決まってるけど、肝心の美琴のヘアメイクの打ち合わせがまだだろ？　ドレスを決めた足で行けばイメージもしやすい。夕食は六時にホテルのレストランを予約したから、そこで一緒に食事をしよう」

美琴は面食らった。

買い物をして、食事をする。それではまるで――

(デートみたい)

そんなつもりはないと分かっていても、予想外すぎて反応に困る。すると無言の美琴に気分を害したのか、拓海は眉を寄せた。

「それとも、俺と出かけるのは嫌か？」

それは拓海でしょう、と喉元まで出かかった言葉を呑み込み、美琴は答えた。

「そうじゃなくて……その、拓海は私が出かけるのを嫌がっていると思ったから」

まさか、デートみたいで驚いたのだ、と正直には言えずに言葉を濁《にご》す。

「俺が傍にいる時ならある程度は構わないさ。……それにこれは、パーティー当日に向けた事前練習みたいなものだ」

練習。初めて体を重ねた時にも言われた、その言葉。

「パーティー当日までオフの日は今日くらいしか作れそうにない。当日仲の良い演技をするにしても、ある程度一緒にいることに慣れていないと無理だろ？」

どのみちドレスは一緒に選びたいと思っていたし、と拓海は続ける。

「心配しなくても、人目がある以上は余所《よそ》行きの顔をするつもりだ。家でしているようなことはしない」

「家でしていること……？」

目を瞬《またた》かせる美琴に向けて、拓海は唇の端を上げる。

「俺の口から、言わせたいのか？」

やけに艶《つや》っぽく言う夫に、美琴ははっとした。

自分たちが家でしていることなんて、一つしかない。

動揺を隠せず口をぱくぱくさせる美琴に、拓海は「冗談だ」と肩をすくめた。

「とにかく、俺と一緒にいるのが苦痛なのは分かるが、今日だけは我慢してもらう」

苦痛。我慢。それを聞いて美琴は思わず反応した。

「……嫌じゃ、ないよ」

口をついて出た美琴の言葉に、拓海は驚きに目を見張っている。そんな夫を、美琴はまっすぐ見つめ返した。

「私、嫌なんて言ってないよ、拓海」

「美琴……？」

拓海が戸惑っている。どう反応したらいいのか迷っているような表情に美琴はたまらず俯《うつむ》いた。困らせてしまった。それでも、否定せずにはいられなかったのだ。

迷惑だと思われるから、好きな気持ちは伝えない。それはこれからも隠し続けると心に決めた。しかし、拓海にどんな意図があるにせよ、彼と一緒にいることが嫌だなんて思わないから……嫌だなんて、言いたくなかったから。

「美琴」

拓海にそっと呼ばれるけれど、うんざりした顔をしていたらと思うと、怖くて顔を上げられない。

「顔を見せて」

声は思いのほか柔らかい。美琴は顔を恐る恐る上げて……はっとした。

拓海は美琴をじっと見つめていた。怒っている様子も、苛立っている様子もない。

「たく、み……？」

これに美琴はなんとも落ち着かない気持ちになった。

すっぴん姿に適当な服の自分と、スーツ姿の拓海ではあまりに落差がありすぎたからだ。

「あの、お化粧してなくて……」

なんとか視線から逃げようと横を向こうとする。しかし、拓海の右手がそっとそれを制した。

「いいから」

有無を言わさない言動に観念して、目を伏せながらも拓海の方を見る。

あまりの視線の熱さに焼けそうだ、と思った。

「……五日じゃ、何も変わらないよ？」

「そうだな。化粧なんて必要ない、綺麗な顔だ」

不意打ちの賛辞にたまらず頬が赤くなる。拓海はそんな美琴を見て、ふっと表情を和《やわ》らげた。

今度こそ美琴は言葉を失った。

（拓海が、笑った……？）

嘲《あざけ》るのでも冷笑でもない、自然な笑い。

彼が美琴に対してこんな風に笑うのは多分、再会してから初めてだ。

もう、拓海の中で「練習」は始まっているのだ。

これは、その一環にすぎない。そう頭で分かっていても……嬉しいと思ってしまう自分がいるのを、美琴は自覚せずにはいられなかった。

「柊様、ようこそお越しくださいました」

車が百貨店に到着すると、既にスタッフ数人が恭《うやうや》しく到着を待っていた。

この百貨店と柊家の繋《つな》がりは深い。亡くなった美琴の祖母も顧客だったらしく、美琴自身も縁の深い場所でもある。スタッフの中の一人が、以前から美琴の担当についている女性であることにも安心した。

彼女ならば、きっと美琴に似合うドレスを用意してくれるだろう。

……そう、思っていたのだけれど。

「――それは、妻のイメージとは少し違うな。露出が多すぎる。別の物を」

老舗《しにせ》百貨店のゲストルームを数人のスタッフが慌ただしく行き来する。

その後もソファに腰を下ろした拓海は、真剣な面持《おもも》ちで注文をつけていく。

隣に座る美琴は、内心恐縮しながらそれを眺めていた。

拓海の要求が彼らの予想を上回っていたのか、準備していたものでは足りなくなったらしい。

こちらからは見えないけれど、バックヤードが混乱しているのが容易に想像できる。

きっと今頃、別のスタッフが他のドレスを探すべく百貨店内を走り回っていることだろう。

次のドレスが来るのを待っている間、「はあ」と小さなため息が美琴の耳に届く。

声の主《ぬし》は、もちろん拓海だ。美琴はちらりと隣を見て……あることに気づいた。

(拓海、痩せた?)

車内にいた時は気づかなかった。しかし、こうして店内の照明の下で見ると、頬もどことなくシャープになった気がする。

「なに？」

「えっ……なに、が？」

「俺の顔に何かついてる？」

「えっと……色んな種類を用意していただいたし、この中から選んでもいいと思うけど……」

「ダメだ」

苦し紛《まぎ》れにごまかした美琴の申し出を、拓海は一刀両断する。

「どうせ着るなら一番似合うものにしたい。もっとも、美琴なら何を着ても似合うだろうけどな」

さり気ない褒め言葉と共に拓海は微笑する。不意に見せた微笑みにスタッフの女性陣の手がぴたりと止まり、吸い寄せられるように彼を見た。

隣にいる美琴には、彼女たちの気持ちが十分すぎるほど分かった。

彼は、本当にあの拓海なのか。

クールな態度はいつも通り。しかし車を降りた時から、拓海の美琴を見つめる視線も、態度や言葉も、何もかもが砂糖のように甘いのだ。

雰囲気こそ兄の貴文に似せているのかもしれない。しかし貴文はこんな風に……まるで本物の恋人のように美琴に接したことはない。彼は、いつだって妹のように美琴に接していて、だからこそ美琴も安心して貴文と一緒にいられたのだ。

それに美琴が婚約したのは、十三歳のまだまだ子供の時。加えて大学卒業まで一貫して女子校だったこともあり、美琴は拓海と結婚するまで異性に対する免疫がほとんどなかった。

その拓海自身とも、いわゆる普通のデートなんて当然したことがなくて……だからこそ、強引に体を暴《あば》くのでも意地悪をされるのでもない、ただただ甘く、優しく大切にされることに戸惑ってしまう。

「柊様、こちらはいかがでしょう？」

その時、美琴専属のスタッフが新しいドレスを目の前に運んでくる。

そのドレスの色は、純白だった。オフショルダーのAラインドレス。

デコルテ部分はざっくりと開いている一方、両手は手首まで総刺繍《そうししゅう》で覆われている。

ウエストから広がる裾は正面から見ると膝丈だが、後ろに行くにつれて徐々に長くなっており、角度によって違った印象を与える。華やかで優美なデザインだけれど、ウェディングドレスほどの派手さはない。色といい形といい、今回のパーティーの趣旨にもぴったりだ。

（素敵）

一目で惹かれた。しかし、拓海はどうだろう……と隣を見てドキリとする。

拓海はドレスではなく、美琴を見ていたのだ。

「気に入った？」

肘掛けに片肘をついて微笑む姿は、雑誌の表紙のように様《さま》になっている。

内心ドギマギしながら美琴は頷いた。

「じゃあ、決まりだな」

その後、美琴はサイズ合わせのためにフィッティングルームに向かった。ウエストや裾など細かい採寸をしたところで、確認のために拓海にドレス姿を披露する。しかし拓海は、ドレス姿の美琴を見た瞬間、目を見張って動かない。

「拓海？」

拓海がはっと我に返ったように目を瞬《また》かせる。そんな仕草を見るのは初めてで、美琴は不安になった。

「……似合わないかな？」

「まさか！」

食い気味に拓海は答える。予期せぬ反応に美琴が目を瞬《また》かせると、彼はごほん、と咳ばらいをして改めて美琴を見つめる。

「――綺麗すぎて言葉が出なかったんだ。最高に似合ってる」

形のいい唇から発せられた賞賛と微笑みに、またもやスタッフ一同が感嘆の息を漏らす。

それは美琴も同じだった。

これは演技で、お世辞にすぎない。

頭ではそう理解していても、気持ちは別物だった。

大好きな人が、自分を見て笑ってくれている。

嘲笑でも皮肉でもなく、とても自然な笑顔を見せてくれる。

それにときめかないはずがなく……美琴は耳まで真っ赤にして、「ありがとう」と答えたのだった。

ドレスが決まった後は、アクセサリーや靴などの小物選びが待っていた。それら全てを終えてゲストルームを出た時、時刻は既に十六時。実に二時間以上も衣装選びをしていたことになる。

その後はパーティー会場である逢坂ホテルに向かい、当日のヘアメイクの打ち合わせをした。

打ち合わせが終わる頃には心身共にへとへとだった。その時点で、十七時半。レストランの予約時間まで少しだけ時間があることもあり、二人は会員専用のラウンジで時間を潰すことにした。

「疲れただろ？　いきなりだったのに色々付き合わせて悪かったな」

向かい側のソファに座る拓海は、美琴を気遣うような素振りを見せる。

他の人の目があるからか、未だに練習は続行中らしい。

「少しだけ。それよりあんなに沢山買ってもらって……その、良かったの？」

パーティードレスからアクセサリーや靴などの小物、バッグ……と今日だけで沢山のものを購入した。柊商事社長という肩書を思えば微々たるものだろうけれど、それでもかなりの金額だったはず。

美琴が恐縮していると、拓海は肩をすくめる。

「そんなの気にしなくていい。第一、当日あのドレスを着た美琴が見られるのなら、いくら出したって惜しくはないからな。それに……どうせ言われるなら、『ありがとう』の方が嬉しい」

おそらく拓海は何気なく言ったのであろうその言葉。しかし、美琴にとっては違う。

美琴は過去に一度同じ言葉を聞いたことがある。

十五歳の時。激しい雷雨の中、何度も「ごめんね」と謝る美琴に拓海は同じ言葉を言っていた――

「美琴？」

呼ばれてはっとする。

「どうかしたか？」

「……ううん、なんでもない。それより、拓海の方こそ大丈夫？」

美琴はごまかすように話題をそらした。

「大丈夫って、何が？」

「……疲れているんじゃないかなと思って」

柊商事ほどの規模の社長に就任したとなれば、その忙しさは相当なものだろう。

拓海は何事もないように振るまっているけれど、疲れているのは間違いない。

その証拠にこうして対面に座ると、目元に薄《うっす》らと隈が確認できた。

「少し痩せたよね。……ちゃんと食べてる？」

ソフィアから不規則な食生活だと聞いてはいたが、さすがに心配になる。

しかし、美琴の問いに拓海はすぐに答えなかった。彼は目を見開いて美琴を凝視する。

「拓海？」

余計なお世話だと思われただろうか。心配になった美琴がおそるおそる名前を呼ぶと、拓海は驚いた表情のまま言った。

「……まさか、美琴に心配されるとは思わなかった」

拓海はふっと表情を和《やわ》らげる。

「最近、忙しくて食べるのを後回しにしてたかもしれない。でも、大丈夫だから」

「本当に？」

「本当に」

対面の拓海が美琴の両手に自分の手をそっと重ねる。

「確かに帰国したばかりの時は疲れていたけど、美琴の顔を見たらそんなの一瞬で吹き飛んだ」

ちゅっと小さなリップ音と共に、拓海は重ねた手の指先に唇を落とした。

「っ……！」

「顔が真っ赤だ」

「お願い、手を放して……」

顔から火が出そうだ。恥ずかしくて顔を上げられないでいると、くすり、という小さな笑い声と共にようやく手が離れる。

拓海は熱い眼差しで美琴を見つめていた。美琴は今日だけで何度もこの視線を感じている。ドレスを着替えた時もそう。ホテルでの打ち合わせの際だって、いくつもの髪形を試しては、そのたびにこの眼差しと共に甘い言葉を紡いでいた。

（顔が、焼けそう）

見られているのが恥ずかしい。それなのに……目が、離せない。

その時、スマホの振動音が耳に届いた。

拓海は胸元からスマホを取り出し画面を確認すると、大きなため息を一つ吐く。

「お仕事の電話？」

「ああ」

直後、再びかかってくる。

「悪い、少し席を外す。すぐに戻るからここで待っててくれ。誰かに話しかけられても相手にするな、いいな？」

「……うん、分かった」

美琴が頷くのを確認して拓海は席を立つ。スマホを片手に遠ざかる後ろ姿が見えなくなると、自然とため息が零れた。ここは高級ホテルの会員制ラウンジ。利用客は限られる。だからこそ拓海は渋々ながらも美琴を待たせることにしたのだろう。もしもここが不特定多数の客が訪れるカフェなどであったら、拓海は絶対に美琴を一人にはしなかったはずだ。

「……今更、逃げようなんて思わないのに」

しかし美琴がいくらそう言っても、拓海は信じないだろう。信用されていないのだから仕方ない。

しかしこんな時、どんなに優しく笑って見せても演技にすぎないのだと改めて思い知らされる。

「練習、かあ……」

結婚披露パーティーの予行練習。

当日美琴がヘマをしないように、参加者に仲睦《なかむつ》まじい夫婦であると思わせるために設《もう》けられた時間。

拓海が美琴に笑いかけ優しくするのも……まるで恋人のように甘い言葉を囁《ささや》くのも、全ては演技。帰宅すればきっとそれらは全て泡沫《うたかた》と消える。元の関係に戻ってしまう。

パーティーの時は今日のように接するのだろうけれど、それもまた期限付きのものだ。

そう、分かっているのに。

拓海の笑顔や言葉、仕草に錯覚しそうになった。

車の中で微笑まれた時。試着したドレスを褒められた時。

拓海が美琴を嫌いなのも、柊欲しさに結婚したのも全ては嘘で、本当は彼もまた美琴を想ってくれているのではないか――と。

(……帰りたく、ないな)

帰宅したらまた元通りの関係が待っている。傍にいられるならそれだけでいいと思ったはずなのに、それを寂しいと感じてしまう。そんな自分が浅ましくて、女々しくて嫌だった。

その時、窓の外で一瞬何かが光った気がした。

反射的にビクン、と肩が震える。

(雷……?)

美琴は窓の外に視線をやる。通常、七月の午後六時頃の空は明るい。しかし今日に限っては分厚い雲が空を覆っており、今にも雨が降り出しそうな気配である。すぐにスマホで天気を確認すると、午後六時以降の降水確率は八十パーセントとあった。

雨ならまだいい。でも先ほどの光が、雷だったら——

外を見なくてもいいように俯《うつむ》いた美琴は、ぐっとテーブルの下で拳《こぶし》を握る。

(雷は、嫌い)

大好きだった母親が出て行った時も激しい雷雨だった。

雷は、その時の悲しさや何もできなかった己《おのれ》の無力感を嫌でも思い出させる。

「美琴」

顔を上げると、電話を終えた拓海が美琴を見下ろしていた。彼はちらりと外を見やった後、そっと美琴の手を引いて立ち上がらせる。

「拓海……?」

「帰ろう」

そのまま歩き始める背中に美琴は慌てて問いかける。

「え、でもレストランの予約をしてたんじゃ……」

「気分が変わった。予約はキャンセルしよう」

突然のことに驚きながらも、美琴は腕を引かれるまま彼に続いたのだった。

結局、その後は帰宅することになった。

拓海の気まぐれで夕食はなしになったが、美琴は内心ほっとした。

雷を眺めながら優雅に食事なんて、とてもできそうになかったからだ。

そしてホテルを出て間もなく、雨粒がぽたぽたと車の窓を濡らし始める。

（……大丈夫。雷は鳴ってない）

ただの雨なら、大丈夫。

しかしそう思ったのも空しく、マンションに到着した頃には横殴りの雨になっていた。

地下駐車場からはエレベーターで直接最上階に行けるため、濡れることはない。しかしどんどん大きくなっていく雨音と共に、美琴の鼓動も少しずつ速くなっていく。

ただの雨で終わるはずと自分に言い聞かせても、ラウンジで一瞬見た光が頭を離れない。

「疲れただろ。先にシャワーを浴びてくるといい。食事はデリバリーを頼むつもりだから、何を食べたいか考えといて。俺はメールチェックしてくる」

「……うん」

そう言って拓海は自室へと消えた。途中、電話があったからその関係かもしれない。美琴はバスルームに向かう。シャワーを浴びてスッキリすればきっと陰鬱《いんうつ》な気持ちも少しは楽になるだろう。

「あ……料理のこと、言いそびれちゃった」

外出前に大量に作った料理の山は今、冷蔵庫に眠っている。

せっかく作ったのだ、美琴はそれを食べて、拓海はデリバリーで好きな物を食べればいい。

彼はきっと、美琴の手料理なんて興味はないだろうから。

爽《さわ》やかな柑橘《かんきつけい》系のボディーソープで丁寧に体を洗い、ゆっくりとマッサージをする。

その間、シャワーは出しっぱなしだ。そうすれば、流水音が雨音をかき消してくれる。

一人になると、自然と今日のことが思い出された。

今日一日、拓海は美琴への賛辞を惜しまなかった。

『可愛い』

『綺麗』

今日だけで数えきれないほど言われた言葉。それを口にする時、彼は確かに微笑んでいて、言われた美琴が照れてしまうほどだった。美琴を見つめる眼差しは穏やかで、強引にキスを迫るなんてことは絶対になく、努めて紳士的に振る舞ってくれた。そこだけを切り取ればまるで別人のようだけれど、途中、何度か昔の——幼馴染《おさななじみ》だった頃の彼が見え隠れした。

きっと拓海は本当に好きな女性には、今日のような姿を見せるのだろう。

美琴がそれを見られたのは、パーティーで失敗しないため、ただそれだけだ。

（……十分じゃない）

そう、自分に言い聞かせる。

たった一日でも恋人気分が味わえたのだ。分を弁《わきま》えないと。これ以上を望んでは、罰が当たる。

きっと、拓海は今日も美琴を抱くのだろう。拓海が必要としているのは美琴の立場と体だけと分かっていても、美琴はそれを拒否できない。

美琴は既に、身も心も捕らわれているのだから。

シャワーを浴び終えた美琴は、部屋着に着替えてリビングに向かった。

拓海はまだ仕事部屋にいるらしい。彼の口ぶりからするに、何を食べるかは別としても同じ食卓を囲むことになるだろう。先にお茶でも用意しておこうか……そう思い、キッチンに立った時だった。

ガラス張りの窓が、閃光に染まった。直後、地鳴りのような音が響く。

「っ……！」

雷だ。

シャワーを浴びたばかりなのに、恐怖から体が震え、咄嗟《とっさ》にその場に蹲《うずくま》る。そうする間にも空は今一度激しく光り、直後、体の芯に響くような重低音が耳を襲う。

（嫌だ、怖い！）

リビングはダメだ。最上階ということもあり窓は全面ガラス張りになっている。

ここにいる限り、稲光から逃げられない。

（そうだ、寝室……！）

思いつくなり美琴は駆けだして、寝室に向かう。カーテンを引いてベッドに潜《もぐ》り込むと、布団を頭まで被って両耳を塞《ふさ》いだ。実家にいる時もこうしていた。どんなに雷が怖くても傍にいてくれる人は誰もいないから、一人で時間が過ぎるのをひたすら待っていた。

（早く、早く止んで）

猫のように丸く縮こまりながら、ただそれだけを願う。

雷は嫌いだ。眩《まぶ》しすぎる光も、耳に痛い大きな音も、大嫌い。

それらは辛い記憶を嫌でも引き起こすから……母親と別れた日のことを、思い出してしまうから。

『美琴、美琴っ……！　お願いします、美琴と話をさせてください、お願いします！』

びしょ濡れになって、泥だらけの顔で叫ぶ母。

『汚らしい女だ。いいな、美琴。あいつはもうお前の母親ではない。あの女は柊に相応《ふさわ》しくなかった、それだけだ。お前は違う。あんな惨《みじ》めな姿は見せてくれるなよ』

底冷えするような祖父の声。

(ごめんなさい)

項垂《うなだ》れる母の姿を見ていることしかできなかった、幼い自分。

(ごめんなさい。何もできなくて、ごめんなさい)

あの時の音が、匂いが。全てが生々しく蘇《よみがえ》り、涙が溢《あふ》れる。

「ごめんなさい、ママっ……！」

嗚咽《おえつ》交じりに叫んだ、その時だった。

「美琴！」

寝室の扉が突如開く。そこにいたのは——拓海だった。

「拓海……？」

声を震わせながら夫の名前を呼ぶと、拓海は眉を寄せた。

みっともないところを見て、呆れたのだ。

険しい表情の拓海に、美琴はぎゅっと布団を強く握る。

「ごめんなさい、何でもないから……」

美琴は布団を体に巻き付けたまま起き上がる。そして、できる限り平静に見えるように装《よそお》った。

しかし拓海は出て行くことなく室内へと入り、ベッドに腰かける。

「こんな状態で『何でもない』なんて、説得力がなさすぎる」

拓海は躊躇《ためら》いながらも美琴の頬にそっと手を這わせた。

「……やっぱり、外で食事をするのは無理だったな」

この言葉に、はっとする。

もしかして拓海が急に帰ろうと言ったのは、単なる気まぐれではなく美琴のためだったのか。

ならば今ここに来たのも、美琴を心配して――？

「拓海……きゃあっ！」

どうして、と言いかけたその時、再度雷鳴が轟《とどろ》いた。美琴は反射的に蹲《うずくま》り、その反動で布団がベッドの下へと落ちてしまう。体を包むものが何もなくなって、たまらなく心細くなった、その時だった。

ふわり、と温かな温もりが、美琴を背後から包み込む。

「美琴」

低く掠《かす》れた声が耳元をくすぐった。

「拓海……？」

「……こうされるのは、嫌じゃないか？」

それを聞いて、美琴は驚いた。強引に口づけをし、体を重ねたこともある人物とは思えない問いだったのだ。

美琴は小さく首を振る。それどころか、この温もりが心地よくてたまらない。一方の拓海は美琴の答えに安堵したように息を吐くと、そっと美琴の後頭部を手のひらで支えた。

(嫌、なんて)

「何もしない。だから、体の力を抜いて。横になった方が落ち着くだろ」

「……うん」

拓海は美琴の体をそっと反転させると、正面から優しく抱きしめる。そして美琴を包み込んだまま仰向けにベッドに横になると、美琴の背中をトントンと優しく叩いた。

まるで母親が幼子を寝かしつけるような仕草に、強張《こわば》っていた体から少しずつ力が抜けていく。

「……怖いなら、目を瞑《つぶ》ってろ」

耳元をくすぐる声は、泣きたくなるくらいに優しい。

この瞬間だけは、練習とか演技とか、そんなものはどうでも良かった。

(拓海)

名前を呼ぶ代わりに両手を彼の背中に回す。恐る恐るしがみつくと、拓海はそれに応《こた》えるように、躊躇《ためら》いながらも抱きしめ返してくれた。

強引な抱擁とは違う、その温かさに懐かしい記憶が蘇《よみがえ》る。

それは十五歳の時のこと。婚約者に会うため九条家を訪れたのだが、あいにく貴文はまだ大学から帰っていなかった。彼を待つ間、美琴は九条家の森を——拓海に初めて会った大切な場所を、のんびりと散歩していたのだ。しかしその最中、急な雷雨に襲われて……美琴は身動きが取れなくなった。

母がいなくなった時のトラウマが呼び起こされ、怖くて恐ろしくて、びしょ濡れになりながら、ただ震えて蹲《うずくま》る。

そんな美琴を見つけてくれたのが、拓海だったのだ。

『大丈夫だ』

彼はそう言って濡れ鼠のような美琴を抱きしめると、自《みずか》らの離れへと避難させてくれた。シャワーを浴びさせ、温かい紅茶を淹《い》れて傍にいてくれた。

……ずっと、美琴の傍にいてくれた。

それだけじゃない。

雷が怖くて動けないなんて、こんな情けないところを見られたらお祖父様に叱られる……そう怯《おび》える美琴に、拓海は言ったのだ。

『苦手なものが、怖いものがあって何が悪い。人間なんだからそんなものの一つや二つあって当然だろ。それを非難する方がおかしい、間違ってる。お前が気にする必要なんて、何一つないんだ』

『でも私は、情けない人間だから……』

『そんなこと、絶対にない。ジジイが怖くて言えないなら代わりに俺が言ってやる。どうせもともと嫌われてるんだ、俺ならジジイに何を言われても構わない』

普段は言葉数の少ない拓海がそう声を荒らげた。自分のためではなく、美琴のために怒ってくれた。

その瞬間、感じた喜びを、感動を、美琴は今でも忘れない。

同時に拓海のことを心から「好きだ」と思った。

婚約者の弟である彼のことを、心から愛おしいと思ったのだ。

そして、今。

「……大丈夫だ」

あの時と同じように、拓海は雷に震える美琴を抱きしめる。

「一人じゃない。俺がいる。怖くて眠れないのなら、眠れるまで話をしよう。何でもいい。美琴の母親のことでも、お前のことでも。何でも聞くから」

少しでも雷から気を逸らせるように、拓海はそっと耳元で囁《ささや》く。その声色に、ぬくもりに身を任せて美琴は瞼《まぶた》を閉じた。

「ママ、は……」

十歳の時を最後に一度も会っていない母親。時折、矢島との話題に上がるくらいで、あの日を最後に母親のことを話したことはほとんどない。唯一の例外は、年に一度の誕生日だった。

重蔵は美琴にその日だけは、母親と電話することを許したのだ。

「でも……十八歳の誕生日に話したのが最後で、それからは一度も電話はしてないの」

「どうして？」

「……ママが再婚するって、聞いたから」

再婚相手には子供もいると聞いて、美琴は断腸の思いで『もう連絡しなくていいよ』と伝えた。

「ママは、『再婚しても美琴は私の大切な子供よ』って言ってくれたけど……ママにとって、柊で過ごした時間は辛かったはずだから」

だから、美琴は言ったのだ。

『ママ。私はもう子供じゃないよ。大丈夫。今度こそ幸せになってね』

と。それから美琴は一度も連絡していない。

「再婚相手の子供に遠慮したから？」

拓海の問いに、美琴は首を振る。

「今度こそ幸せになってほしかったから。……私の存在がママの重荷になるのは、嫌だったから」

初めて吐露した母親への気持ち。拓海はそれにじっと耳を傾けてくれる。

「……美琴は、優しすぎる」

拓海はそっと美琴の髪を撫でる。そして、トン、トン、と優しく背中を叩いた。

背中に刻まれる一定のリズムが美琴の動揺を鎮めていく。

やがて、温もりに包まれた美琴に少しずつ睡魔が訪れる。

「大丈夫、眠っていい。眠るまでずっと、傍にいるから」

お前は一人じゃないのだと……そう、言ってくれた気がした。

翌朝。美琴が目覚めると、隣に拓海の姿はなかった。

いつものように美琴よりも先に起きて、仕事に向かったのだろう。

もう慣れたはずの日常。それなのにシーツの冷たさがどうしようもなく寂しく感じるのは、彼の温もりを確かに覚えているからだ。

昨晩、拓海は美琴をずっと抱きしめてくれた。

大丈夫だと、一人ではないのだと、眠りにつくまで傍にいてくれたのだ。

それがどんなに美琴にとって心強かったか……思い出しただけで泣きそうになるくらい嬉しかったか、彼は知らないだろう。

あんな風に雷に怯《おび》えずにいられたのは八年前、九条家の離れで拓海に助けられた、あの時以来だ。

昔も今も、本当に怖い時、彼は美琴の傍にいてくれた。

「美琴？」

その時、寝室の扉が開いた。顔を出したのはもう出かけたはずの拓海だった。

美琴がベッドの中で驚いていると、拓海はその傍《かたわ》らに腰を下ろした。拓海の長い指先が美琴の乱れた前髪をすくい、耳の後ろへそっと流す。何気ないその仕草に心臓がドクンと跳ねた。

「気分はどうだ？」

躊躇《ためら》いがちに拓海は問う。その気遣う言葉で胸に温かさが灯《とも》る。

結婚以来、こんなにも穏やかな朝を迎えたのは初めてだった。

「大丈夫だよ。その……昨日は、ありがとう」

心からの感謝の気持ちを伝える。すると拓海は一瞬目を見張った後、「別に」と視線を逸らした。

「俺は何もしてない。ただ、一緒にいただけだ」

涼風学園への寄付の礼を言った時も、拓海はこんな風に素っ気ない返事をしていた。

今までの美琴であれば、そんな彼の態度に口を噤《つぐ》んでいただろう。

……変わってしまったと、思っていたから。

美琴を閉じ込め、寄付を打ち切ると脅《おど》す姿に別人のようだと悲しくなった。――それでも。

表情が乏《とぼ》しくて、言葉数も多くはない。けれど誰よりも優しくて、温かい。

拓海の本質的な部分は、あの頃のままだ。

(拓海)

彼が好きだ。どんなに嫌われても、冷たくされても、嫌いになんてなれない。

拓海のことが好きで好きで、たまらない。

湧き上がる気持ちを胸に秘めて、美琴はそっと拓海の手のひらに自《みずか》らの手を重ねた。

直後、驚いたように拓海の肩が跳ねる。美琴から触れたのが信じられないと言わんばかりの顔だ。

「拓海」

振り払われなかったことにほっとしつつ、美琴は彼を見つめる。

「一緒にいてくれたのが、私にとってはすごく心強かったの。だから……やっぱり、『ありがとう』って言わせて?」

「っ……それより、冷蔵庫の中を見た」

拓海は目を逸らしながら言った言葉に、美琴ははっとする。

「あっ!」

大量に作った料理の存在を思い出す。

結局昨日は何も食べずに眠ってしまったから、冷蔵庫に入れてそのままだ。

「あれ、美琴が作ったのか?」

「う、うん」

どうしよう。あんなに作って重荷に思われただろうか――そう内心焦った時だった。

拓海はしばらく逡巡《しゅんじゅん》した後、言った。

「朝食に食べてもいいか?」

「えっ……もちろん!」

驚きながらも頷くと、拓海は少しの間の後言った。

「……俺と一緒で良ければ、お前も食べれば」

「う、うん。でも拓海、仕事は?」

目覚めた時、てっきりもう出かけたと思っていただけに、この展開に頭が付いていかない。

「取締役会が十時からあるから、それに間に合うように行くつもりだ。だから一緒に朝食を取る時間くらいはある」

拓海から朝食に誘われるなんて。

まさかの展開に美琴は驚きつつも頷いた。そんなの、嬉しいに決まってる。

すると拓海は明らかにほっとした表情を見せる。

「なら、適当に並べて置く」

拓海は名残惜《なごり》しそうに――美琴の勘違いかも知れないが――手を放すと、ベッドから立ち上がって出て行ったのだった。


「――美味《うま》いな、これ」

拓海はしみじみと言った。すっと背筋を伸ばして箸を動かす動作は、実に洗練されている。

これから出勤するため上半身はシャツ姿だが、ネクタイはしていないので大分リラックスした様子だ。一方、対面に座る美琴は内心ドキドキしながら箸を進めていた。

正直なところ、驚きの連続でほとんど味が分からない。

夫と共に食卓を囲む。一般家庭であれば日常だろうそれも、美琴にとっては非日常でしかない。

少なくとも昨日までは、そうだったはずだ。

「食べないのか？」

「えっ、ううん、食べるよ」

促《うなが》されて味噌汁を飲むが、やはり味覚より驚きが勝っているらしい。対する拓海は、動揺する美琴をよそに次々と料理を口に運んでいく。

肉じゃが、だし巻き卵、ほうれん草のおひたしにきんぴらごぼう、サバの味噌煮に具だくさんの味噌汁。朝から食べすぎではないかと心配になるほどだ。

「あの……無理して食べなくてもいいよ？　残りは後で私が食べるし、残してもらっても全然――」

朝から食べすぎてお腹でも壊したら大変だ、と半ば本気で心配する美琴に、拓海は「何を言ってるんだ」とばかりに肩をすくめる。

「好きで食べてるんだよ。家庭料理なんて久しぶりだから、新鮮で。それに……この味噌汁の味、なんだかほっとする」

母親の味に似てるからかな、と呟《つぶや》く姿にはっとする。拓海が実母と死別していることを思い出したのだ。なんと返せばいいのか迷う美琴を前に、拓海は「ごちそうさま」と全てを綺麗にたいらげた。

「美琴？」

呼ばれて我に返った美琴は、じっと自分を見つめる拓海に気付くと、慌てて話題を変えた。

「そういえば……『久しぶり』って言ってたけど、普段は何を食べてるの？」

「基本的に朝は食べない。昼飯はだいたい移動中の車内で適当に食べるけど、時間がない時は取らないこともあるな。夜は外食が多くて、仕事絡みのことが多いから味は二の次だ」

思っていた以上に荒《すさ》んだ食生活に唖然とする。道理で疲れて見えるわけだ。

「……体、壊すよ？」

おずおずと忠告したものの、拓海は「必要な栄養素はサプリメントで補ってる」と言うだけだ。

(そういう問題じゃないと思うけど)

「……お茶、淹《い》れようか？」

「頼む」

湯呑《ゆのみ》に緑茶を入れて差し出すと、拓海は「ありがとう」とそれを受け取った。

これではまるで一般家庭の夫婦のようだ——いや、実際に夫婦なのだけれども。

「……料理が趣味なんて知らなかった」

拓海は湯呑《ゆのみ》を置くと、ポツリと呟《つぶや》いた。

「もともと、ママが好きだったの。だから自然と私も。小さい時は矢島さんと三人で色々作ったりしたよ」

「だからどれも美味《うま》かったんだな」

美味《うま》い、の一言にたまらず胸が跳ねた。——嬉しかったのだ。

「本当？　味付けは大丈夫だった？　その、こんなに作ったのは久しぶりだったから、不安で」

「美味《うま》くなければ、こんなに食べられないよ」

小さく、拓海は笑った。

傲慢な笑《え》みでも、冷笑でもない。

たまらず零れ出たようなその表情に見惚れる。

妻の熱い視線に気づいたのか、拓海はすぐに表情を打ち消すと、唐突に話題を変えた。

「それはそうと、実家にいる時は料理をしなかったのか？　普段の料理は使用人がするにしても、趣味で作るくらいならいくらでもできただろ」

「……お祖父様が、私が料理するのを嫌がったから」

この答えに拓海ははっとした表情をする。

彼の口が「クソジジイ」と呟《つぶや》いた気がしたけれど、聞こえないふりをした。

「……なら、ここでは自由にすればいい」

「え？」

「この家なら、美琴が料理をしても文句を言う奴なんて誰もいない。キッチンもそれなりに広いし、一応最低限の調理器具は揃ってるはずだ。もし足りないものがあればすぐに用意する」

何が欲しい、と問われて美琴は慌てて首を横に振った。

「十分揃ってるから大丈夫！　食器も素敵なものばかりだし、足りないものは何もないよ」

「ならいいけど。欲しいものがあれば何でも言えよ」

この時、美琴の頭にあることが浮かんだ。

「あのっ……欲しい物じゃなくてお願いがあるの」

「お願い？」

美琴はくっと拳《こぶし》に力を込めて言った。

「また、今日みたいに私が作った料理を一緒に食べてくれる？」

拓海が息を呑むのが分かった。

「一緒に食事をするのが、『お願い』？」

こくん、と頷く。すると拓海は目を見張った後、戸惑いながらも口を開く。

「そんなことでいいのか？」

「……うん。ダメ、かな？」

上目遣いで拓海を見る。彼は目を瞠《みは》った後、「分かった」と頷いた。

「忙しい日や遅くなる時は無理かもしれないけど、できる限り家で食事を取るようにする。……この間、『もっと休め』『時間の使い方がなってない』ってソフィーに叱られたばかりだしな」

不思議なことに、今は拓海がソフィアの名前を呼んでも胸がざわめいたりはしない。

むしろ、料理を作るきっかけをくれた彼女に感謝した。


「はあ」

リビングにため息が漏れた。拓海は身支度を整えるために自室に戻っている。一人になると、美琴は自分でも思っていた以上に緊張していたことを自覚する。

（夢じゃ、ないよね）

それともこれはまだ練習の続きなのだろうか。

分からない。分かるのは、拓海と一緒に食事ができたということだ。その上彼は、「美味《おい》しい」と言い、これから一緒に食事をする約束までしてくれた。こんなにも嬉しいことはない。

信じられなくて、嬉しくて、頬が緩《ゆる》む。だってこんな光景、昨日までは想像もできなかったのだ。

（でも、どうして？）

きっかけは、昨夜なのは間違いない。

美琴が雷に怯《おび》えていたから？　それとも――

（……ママの話を、したから？）

生き別れと死別という違いはあれど、美琴も拓海も幼い頃に母親と離れ離れになってしまった。

同時に、涼風学園で聞いたあの言葉が頭を過《よぎ》る。

『……子供は本来、守られるべき存在だから』

九条家に引き取られなければ、拓海は児童養護施設に行くはずだった、と以前祖父に聞いたことがある。ならばあの時の拓海の言葉は、過去の自分に向けた言葉だったのかもしれない。

拓海は、美琴の母親の話を聞いて同情したのだろうか。

（だから、嫌いな私にも優しくしようとしてくれてる……？）

一緒に食事を取りたいという美琴のお願いを聞いてくれたのも、憐《あわ》れみからなのだろうか。

もしそうだとしても……それでいい、と思った。

たとえ理由が何であれ、拓海が歩み寄りを見せてくれたことは事実。

何よりも、美琴の料理を「美味《おい》しい」と言った時の彼の言葉は、本心だと思えたのだから。

◇―＊◆＊―◇

「ソフィー。今日の昼、予定は空いてるか？」

その日の午前。出社した拓海は、取締役会が行われる会議室に向かう途中、傍《かたわ》らの秘書に問う。

「空いてるけど、何？」

「今日からしばらくの間、昼食は社員食堂で取ることにしたから」

「は？　社員食堂って、急にどうしたの」

「詳しいことは後で説明する。とにかくお前も付き合え。じゃあ、会議に行ってくる」

「ちょっ、待っ――」

拓海はぽかん、とした秘書を残して会議室へと入室した。開始時刻に余裕を持って来たため、中にはまだ誰もいない。拓海は所定の席に座ると、今朝のことを思い返した。

『拓海。その……昨日作ったものを詰めてみたの。忙しくてお昼も食べられないこともあるって言ってたから。もし迷惑じゃなかったら……これからは、お弁当を作ってもいい？』

そう言って、美琴は出勤する拓海に手提げ袋を差し出した。

空耳かはたまた白昼夢か。思わずそう疑ってしまうくらい、拓海にとって驚きの出来事だった。

自分のために弁当を作ってくれたのは……今は亡き、母親が最初で最後だったから。

母親は拓海を愛してくれた。それは屈折した愛だったけれど、彼女は確かに息子を想っていた。

しかし九条家に引き取られてからは家族愛なんて無縁だったし、望んだこともなかった。

……それなのに、他ならない美琴がしてくれるなんて。

手作りの弁当。それは、もう手に入らないと思っていた家庭の温かさを思い出させてくれる。

(勘違いするな)

この弁当は美琴が優しいから作っただけ。もしかしたら、無理して気遣っているのかもしれない。

それでも嬉しいと思う気持ちは抑えられなくて、「ありがとう」とただ一言返した。

本当は、きつく抱きしめてキスをしたかったけれど……それは止めた。

美琴は拓海に触れられたくはないだろう。せっかく気遣ってくれた相手を嫌がらせてはいけない。

そう思う一方で、こんな風に優しくされると錯覚しそうになってしまう。

本当は嫌われていないのではないか、と。

だがその考えはすぐに打ち消した。

自分勝手な期待をして、傷ついて、その結果美琴にきつく当たる――そんな風に同じことを繰り返すのは、もう嫌だ。

それでもやはり、胸の底から湧き上がる愛おしさを無視することはできそうにない。

嫌われているのなら体だけでも自分の物にしようと思った。

凶暴なまでに膨れ上がった彼女への想いを止《とど》めることができず、結果、誰よりも大切な人を泣かせて、傷つけて、縛り付けた。しかし雷雨の中、十五歳の時と同じように一人孤独に怯《おび》える美琴を見て思ったのだ。

（守りたい）

（もう、泣かせたくない）

（美琴には、笑顔でいてほしい）

今更すぎるのは重々承知している。美琴にとってはいい迷惑かもしれない。

それでも拓海にとっての美琴は、どうあっても愛おしい存在に違いないのだ。

手放すことだけは、やはりできそうにないけれど。

だからこそ、美琴が「お願いがある」と言った時は嬉しかった。チョーカーを外すこと以外なら何でも叶えてやろうと思ったのに、まさか「一緒に食事がしたい」だなんて。

なんていじらしい。

そして——なんて、愛らしい。


「拓海」

会議後、部屋を出ようとした拓海は呼ばれて振り返る。視線の先には、厳しい表情でこちらを見つめる重蔵がいた。

普段であれば会長の重蔵は会議が終わると真っ先に退室する。残りの面々はそれを見送るのがいつもの流れだ。しかし今日に限って重蔵は拓海を呼び止めた。こんなことは初めてだ。

「話がある、お前は残れ」

「承知しました」

拓海は頷くと、重蔵の対面に座る。会議中は温和な笑《え》みを湛《たた》えていた拓海だが、二人きりになった途端に表情を打ち消した。こんな姿を他の役員が見たら慌てふためくだろうが、構わない。

何せ、重蔵本人がそう振る舞うように言ったのだ。

『私の前で下手な演技をするな、気味が悪い』

『柊商事の役に立ちさえすれば、どんな態度を取ろうが私は気にしない。お前が私を嫌っていることなど昔から知っているからな。私がお前に求めるのは、結果だけだ』

だから、拓海は二人きりの時に重蔵に作り笑顔をすることは一切ない。

もっとも、さすがに面と向かってジジイ呼ばわりはしないけれど。

「それで、話とは？」

「何、たまには昼食でも一緒にどうかと思ってな」

これに拓海は面食らった。重蔵から食事に誘われるなんて――

「……どういう風の吹き回しですか」

それを額面通りに受け取るほど、拓海は素直な性格をしていない。

「言いたいことがあるならどうぞ。回りくどいやり方をするなんてあなたらしくない」

冷ややかに切り返すと重蔵は僅《わず》かに眉を寄せる。そしてふん、と鼻で嗤《わら》った。

「本当に可愛げのない男だな。貴文とはえらい違いだ」

「その男を選んだのは自分だということをお忘れなく」

「自惚《うぬぼ》れるな。一番ましな男がお前だったというだけだ」

こんな応酬は慣れっこだ。重蔵は昔から事あるごとに貴文と比較してきたので、今更傷つくこともない。

「まあいい。……あれは、どうしている？」

あれ、が何を指しているのかはすぐに分かった。

「気になるならご自分で連絡なさってはいかがです。たった一人のご家族でしょう」

最大限の皮肉を込めて言った。しかし当然ながら重蔵がそれに応《こた》えた様子はない。

「特に変わりがないなら構わない。それよりも、お前と秘書の関係はどうなっている?」

「秘書?　……ああ、ソフィアのことでしたら非常によく働いてくれています。彼女が何か?」

「はぐらかすな。先日、光臣の妻から聞いたぞ。お前と秘書の間で良からぬ噂が立っているのだとな」

拓海は初めて顔色を変えた。まさか、ここで義母の名前を聞くとは思わなかったのだ。

一方で納得もした。

(……なるほどな)

倫子は拓海を酷く憎んでいる。彼女ならそんな噂の一つや二つ立ててもおかしくはない。

「黙っているということは、事実と認めるのか?」

「下らない」

「……何?」

拓海は一蹴する。重蔵が機嫌を損ねたのが分かったけれど、知るものか。

「まさか、重蔵様ともあろうお方がそんな話を真に受けたわけではありませんよね。馬鹿馬鹿しい。一部で下らない噂があるのは承知していますが、ご心配なく。私は、死んでも愛人なんて作りません」

「信じられるとでも?　それは、お前自身の生まれを否定しているようなものだろうに」

「なんとでも。俺の妻はこの世でただ一人、美琴だけです」

「……お前にそうまで言わせるとは、あれも少しは役に立つものだな」

重蔵は皮肉めいた笑《え》みを浮かべて言った。拓海はそれに真っ向から対峙《たいじ》する。

「妻を侮辱するのは止めていただきたい」

「何だと？　お前、誰に向かって口をきいている」

「重蔵様、あなたに言っています。美琴は私にはもったいない女性ですよ。——ああ、そうだ。妻が弁当を作ってくれたので、先ほどのお誘いはせっかくですがお断りします」

「弁当……美琴が、お前に？」

ここで初めて重蔵は孫娘を名前で呼んだ。

「ええ。これから社食に行ってせいぜい愛妻弁当をアピールしてきますよ。そうすれば、愛人なんて下らない噂も消えるでしょうしね」

話は終わった。これ以上話すことは、何もない。

「失礼します」

拓海は一礼すると会議室を後にした。


その日、ある一報が社内を駆け巡った。

新社長が社員食堂に現れた、というのだ。

新社長、柊拓海の正体は謎に包まれている。もちろんその経歴や柊家に婿入りした事実は広く知られているが、彼自身を知る人間はほとんどいないからだ。

通常、役員や秘書ならともかく、一般社員と社長がじかに触れあう機会はほとんどない。

柊商事ほどの大企業であればなおさらだ。拓海の場合も例に漏れず、社員が新社長について知っているのは公表されていることばかり。その中で最も広く知られている事実が、新社長が抜群にイケメンだということだった。

俳優顔負けの顔立ちに均整の取れた体形。加えて大企業の後継者となれば、注目を集めないはずもなく。その証拠に今日の社食はかつてないほどの混み具合だという。物珍しさで普段は利用しない社員が——女子社員の比率が圧倒的に高い——こぞって押しかけたのだ。

「……視線が痛い」

隣に座ったソフィアが小さく呟《つぶや》く。

拓海とソフィアの周囲では一般社員が通常通り食事をしていた。

この距離では会話の内容がそのまま聞こえてしまう。それもあってソフィアは普段のような気安い態度は取らないものの、困惑した視線で拓海を見ていた。

「いただきます」

しかし、当の拓海は気にせず昼食を広げ始めた。目の前には二段重ねのお弁当箱。蓋を開けると目にも美味《おい》しそうな品々が顔を出す。上段には和食を中心としたおかずが、下段にはシンプルに漬物と白米が入っている。隣のソフィアがそれを見てピタリと箸を止めた。

「社長。それ……もしかして、奥様が作ってくださったんですか？」

「ああ」

「……すっごく美味《おい》しそうですね」

ソフィアは美琴の手作り弁当をまじまじと見つめる。するとそれに誘われるように近くの社員の視線が拓海の手元に移った。それを確認した後、拓海は「だろ？」と表情を和《やわ》らげる。

「俺の体を気遣って作ってくれたんだ。本当に、俺にはもったいないくらいの女性だよ」

拓海は微笑みながら妻を賛辞する。その際、微笑むのを忘れない。

その瞬間、女性社員のため息がどこからともなく漏れた。

拓海はうっとりとした視線を一身に浴びているのを感じる。

(最初は、これで十分だろ)

隣を見ると、ソフィアが「そういうことか」と呆れたような……しかしどこか楽しそうに苦笑したのだった。


「確かに、今一番注目を浴びてる新社長がいきなり社食に現れたら話題にもなるよね。その上、愛妻弁当を持参して妻を褒めたりなんかしたら、愛妻家の称号も手に入る。まさか愛人の隣でそんなことはしないだろうし、あの馬鹿げた噂を遠回しに否定することもできる。……うん、良い考えだったと思うよ。——事前に一言、言ってくれても良かったと思うけど」

昼食後。社長室に戻った拓海を待っていたのは、秘書の小言だった。

「下手な演技をするよりリアリティーがあって良かっただろ。今日と同じことを続けていれば、そのうち下らない噂を言う奴はいなくなるはずだ。噂を流し始めた張本人の耳にも届くだろうしな」

「誰か分かったの？」

「九条倫子だ」

ソフィアが息を呑んだ。

「……どうして彼女が？」

「俺を憎んでいるから。それ以上でもそれ以下でもないだろうな。後は、未だに俺が当主代行になったのが気に入らないんだろう。社内には彼女が個人的に親しい人間も多くいる。いくら光臣が引退して兄貴がいなくなっても、九条夫人だった彼女なら噂の一つや二つ流すのは簡単だったはずだ」

拓海は表情を引き締める。

「ソフィー。今週末のパーティーだが、妻のことをよく見ていてほしい。俺がずっと傍にいられるわけじゃないから」

「それは別にいいけど……九条倫子には招待状を出していないよね。それに奥さんは柊家のご令嬢なんだから、お付きの一人や二人はいるんじゃないの？」

「今、使用人は雇用していないんだ。妻のことは信頼できる人間に任せたい」

今回のパーティーで、拓海と美琴は夫妻として初めて公《おおやけ》の場に出ることになる。

拓海は間違いなく好奇の目に晒《さら》されるだろう。

何せ、今まで見向きもされなかった愛人の子が柊商事の社長の座に収まったのだから。

そしてそれは、美琴も同じこと。

貴文が駆け落ちしたことは、重蔵によって徹底的に秘された。しかし人の口に戸は立てられない。

今や美琴は、「婚約者に逃げられ、代わりに愛人の子をあてがわれた哀れな女性」と思われている。もともと目立つことが苦手な彼女にとって、このパーティーに参加することはかなりの負担のはず。

今後のことを思えば必要な演出だったとはいえ、それを強《し》いたのは他ならない拓海自身。

だからこそ、可能な限り美琴の負担は減らしたい。

そのために自分ができる事なら何でもすると、拓海は決めた。

Ⅸ

一週間後。結婚披露パーティー当日、美琴は会場である逢坂ホテルにいた。

パーティー開始は午後六時。

三時間前に会場入りした美琴が控室として通されたのは、ホテル内で最も格式の高いスイートルームだ。当然ながら専用のエントランスがあり、一般客はこの階に来ることすらできない。

そして到着から三時間。美琴は事前に打ち合わせをした通り、ヘアメイクにエステ……とプロの手によって完璧に磨き上げられた。

招待客は約二百人。こんなにも大勢の人と会うのは久しぶりだし、何より自分が今日の主役の一人でもある。ただでさえ人前に立つのは苦手なのだ。嫌な意味で心臓がドキドキする。

「奥様。顔色があまり良くありませんね」

声をかけてくれたのはソフィアだ。彼女は多忙な拓海に代わって美琴を迎えに来ただけでなく、今もこうして付き添ってくれている。

「コルセットがきつすぎましたか？」

「大丈夫です。ただ少し、緊張してしまって……」

「パーティー中、もし苦しいようでしたら無理せず教えてくださいね。――ああ、社長が到着したようです。下まで迎えに行ってきますね」

ソフィアは一礼して出て行った。一人になった美琴は、鏡に映る自分の姿をもう一度確認する。

背中まで伸ばした黒髪は、今日は繊細な編み込みで一つに纏《まと》められている。それを彩《いろど》るのは、花びらを模した真珠の髪飾りだ。

ドレスは、オフショルダーのAラインドレス。デコルテ部分は大きく開いており、首元はシンプルなチョーカーのみ。しかしそれはかえって美琴の鎖骨を美しく見せた。

髪飾りもドレスも、まるで全てが美琴のために仕立てられたようだ。

普段のナチュラルメイクとは違う華やかなメイクは、美琴の顔立ちを最大限引き立ててくれる。

（自分じゃないみたい）

拓海は、なんと言うだろう。試着した時と同じ、「綺麗だ」と言ってくれるだろうか。

彼の隣に立っても見劣りしない程度にはなれただろうか。

（少し前なら、こんなこと考えもしなかったのに）

嫌われているのだから、自分が何を着たところで変わらない……そう思ったはず。

でも今は、こんな風に拓海の目を気にしてしまう。

その理由は多分、二人の関係が徐々に変わりつつあるから。

きっかけは、雷の夜。

以前の二人の接触は体を重ねる時だけで、拓海はマンションに寝に帰って来るだけだった。

でも今は違う。毎日とはいかないけれど、彼は家で食事をするようになったのだ。

そして、美琴の作ったお弁当を持って出勤する。更には帰宅後は「美味《おい》しかった」と感想までくれるようになった。

(でも、お弁当作りもしばらくお休み、か)

拓海から聞いたところ、彼は明日から一週間ほど海外出張なのだという。

未明の便で発《た》つから、今日はパーティーが終わり次第空港に直行するらしい。

その時、カチャリ、と扉が開く音がした。

「美琴」

振り返った美琴は、現れた拓海の姿に息を呑む。黒のタキシードで正装した彼は、見惚れるくらいに素敵だったのだ。一方の拓海はと言えば、入り口で固まったように動かない。

「拓海、お仕事お疲れ様。その……どう、かな?」

恥じらいながらも聞いてみると、拓海は我に返ったようにはっとする。彼は美琴の目の前にやってくると右手でそっと彼女の頤《おとがい》に触れた。

「よく似合ってる。……ここから出したくないな」

艶《つや》のある声が耳朶《じだ》を震わせた。息遣いが聞こえるほどの距離で発せられたそれに、たまらず美琴は一歩後ずさる。しかし拓海は美琴の腰に手を回して制し、静かに見下ろす。

「そうしたら、こんなに綺麗な美琴を誰にも見られずに済むのに」

彼の言葉には美琴に対する明確な独占欲が滲《にじ》んでいた。

加えて声色からも伝わる色香に、体の奥が熱を持ちそうになる。

耳まで真っ赤に染める美琴を、拓海は微笑みながら見つめている。

まるで愛しい人を見るような、その視線。

(どうして、そんな目で私を見るの)

拓海は、本当は自分を好きなのではないか――そう錯覚してしまうほどに、彼の視線は熱い。

もちろんそんな都合の良いことはないだろう。それでも、心底嫌われているとはもはや思わなかった。

だって、目の前の拓海の声色も視線も、再会当初とはまるで違うのだ。

……とても甘くて、熱っぽい。

「美琴」

名前を呼ばれただけなのに、美琴は彼から目が離せない。

「人前が苦手なのは知ってる。でも心配しなくていい。美琴は、ただ俺の隣にいればいい。どうしても俺から離れなければならない時は、必ずソフィーを傍に置け。いいな?」

美琴が頷くと、拓海は嫣然《えんぜん》と笑《え》みながら手を差し出した。

「――さあ行こうか、奥さん」


パーティーは、華々しく始まった。

会場を彩《いろど》る豪勢な花々も、美しく着飾った参加者も、さながら結婚披露宴そのものだ。違うところといえば、新郎新婦が座る高砂席《たかさごせき》の場所に壇が設置され、マイクが置かれていることくらいだろうか。

まずそこに立つのは重蔵だ。久しぶりに見る祖父は相変わらず堂々としていた。

重蔵の簡単な挨拶《あいさつ》の後、今日の主役である新郎新婦が紹介される。それに応じるように新郎である拓海が壇上へと向かう。美琴は、その左腕にそっと手を回して隣に並んだ。

壇の中央に立つと二百人の視線が一気に注がれる。

(怖い)

無意識に拓海の腕に回した手に力が籠《こも》る。直後、拓海が美琴の腰を引き寄せた。

「大丈夫だ」

拓海は、美琴にだけ聞こえるような小さな声で囁《ささや》く。

「言っただろ? 美琴は俺の隣で笑っているだけでいい。後は全部、俺が上手くやるから」

彼のたった一言で不安が和《やわ》らぐ。拓海の些細《ささい》な言葉、仕草一つでこんなにも気持ちを左右される自分は、重症なのだろう。優しくされれば嬉しいし、冷たくされれば悲しい。

簡単に揺れ動いてしまう自分の心。それでも確かなことは一つだけある。たとえこの先、拓海にどれほど冷たくされても、酷いことを言われても……美琴が彼を嫌いになることは、決してない。

（笑え）

今の美琴にできるのはそれだけだ。少し顔を俯《うつむ》け、深呼吸をして気持ちを落ち着かせる。

顔を上げた美琴は、笑顔だった。

隣の拓海はそれを満足そうに見つめた後、参加者を見渡した。

「今日は私たちのためにお集まりいただき心よりお礼申し上げます。ただいまご紹介にあずかりました、柊拓海です」

朗々とした声で挨拶《あいさつ》を続ける拓海の表情は、柔らかい。

もともと拓海は誰もが見惚れる美丈夫《びじょうふ》だ。加えて今宵《こよい》の彼は正装している。

均整の取れた体つきに、この笑顔と美声が、人目を惹かないはずがなかった。

拓海もこういった場に参加したことはあるらしいが、回数はそれほど多くない。しかもこの四年間は海外にいたから、最近の彼を知る者はほとんどいないはず。

拓海が話し始めるまで参加者の視線の多くは物珍しさに満ちていた。しかし、今は違う。

拓海が声を発するたびに、彼らの視線が、会場の空気が変わっていくのを美琴は肌で感じた。

どんなに綺麗に着飾っても中身は空っぽな自分とは違う。

隣から伝わってくるのは、確かな存在感。この時、美琴の頭に拓海の言葉が過《よぎ》った。

『まずは俺の存在を知らしめる必要がある』

自分たちを見つめる視線に、美琴は確信した。

拓海は、成功したのだ。


「美琴さん！」

拓海が挨拶《あいさつ》を終えてすぐだった。美琴は声の方を振り返る。笑顔でこちらに向かってきたのは、拓海と一回り年の離れた弟の礼だった。最後に会ったのは貴文の婚約者として九条家に行って以来だから、半年以上ぶりだ。

「礼君！　久しぶりだね。……少し背が伸びたかな？」

「成長期ですから」

礼はわざと得意げに胸を張る。確かに、この年頃の成長は著《いちじる》しい。ほんの数年前まではまだまだ子供らしかったのに、今では美琴の身長をすっかり追い越してしまっている。

「美琴さん、今日も最高に綺麗だね。こんなところにいないで、今から僕と抜け出さない？」

礼は恭《うやうや》しく手を差し出す。十五歳の少年の誘いに目を瞬《またた》かせていると、拓海がその手をぱちんと——しかし冗談ぽく——叩き落とした。

「俺の目の前で堂々と口説くな」

「あれ兄さん、そこにいたの。美琴さんが綺麗すぎるからかな、全然気づかなかった」

「お前は……相変わらず失礼な奴だな」

「兄さんの弟だからね、これればかりは仕方ないよ」

傍《はた》から見るとはらはらするやり取りも、この兄弟の間では当たり前らしい。二人が一緒にいるところを見るのなんて何年ぶりだろう。軽口を叩き合う姿は、まるでじゃれ合う猫のようだ。

「――とまあ、冗談は置いといて。美琴さん、兄さんをよろしくお願いします。貴文兄さんと違って態度も口も悪いけど、根っからの悪人じゃないから」

まさかここで貴文の名前が出るとは思わず、ドキリとする。しかし拓海はこの程度の軽口は慣れているのか、「うるさい」と礼を窘《たしな》めただけだ。

「……礼。あの人は、今日は家にいるんだろうな？」

あの人。内心首を傾げる美琴をよそに、兄弟の会話は進む。

「もちろん。僕からも大人しくしているよう言っておいたよ。引退した身なんだから、出しゃばらないで九条については全部兄さんに任せておけばいいんだ。そうすれば丸く収まるって、どうして分からないんだろうね」

「お前、まさかそのままあの人に言ってないよな？」

兄の問いに弟は悪戯《いたずら》っぽく肩をすくめる。

「当たり前だよ。適当に優しく言っていなしてる。兄さんじゃあるまいし、あの人に真正面からぶつかるなんて無駄なことはしないよ、面倒くさい」

「お前な……」

「それがあの人のためでもあるんだよ。それに、僕まで厳しく当たったら可哀そうだしね。僕はただ、平穏に生活したいだけ。――とにかく、成人するまでせいぜい羽を伸ばさせてもらうよ。それまで当主代行頑張ってね、兄さん」

言って、礼はひらひらと手を振るとその場を離れていった。美琴は驚きを隠せず隣を見る。

「……礼君、少し変わった？」

「あれがあいつの本性だ。美琴の前では猫を被ってたんだろう。本当に、良い性格をしてる」

皮肉るように拓海はため息を吐く。しかしそこに怒りの色は微塵《みじん》もない。

「あいつは上二人を見てるから、自分がどう立ち回れば波風が立たないかをよく理解している。兄貴が駆け落ちしてからは、今まで以上に母親から執着されてるだろうに、飄々《ひょうひょう》としてみせて……本当にできた弟だよ」

拓海は静かにそう言ったのだった。


その後も拓海は終始笑顔を絶やさなかった。美琴もその隣で、笑《え》みを貼り付けていた。しかしパーティーが終盤に差し掛かると、さすがに疲れてくる。それでも主役の自分が疲れた顔をしてはいけない。そう美琴が気を引き締めた時、「大丈夫か？」と拓海がそっと耳打ちをした。

「疲れたなら少し休憩するか？」

「ううん、大丈夫。あと三十分くらいで終わるし、休むほどじゃないもの」

「無理をするな、顔色が良くない」

再度言われて、美琴は少しだけ甘えることにした。

「じゃあ、パウダールームに行ってきてもいい？」

拓海は頷くと、傍に控えていたソフィアの方を見る。それに応《こた》えるようにさっとソフィアが美琴の隣に来た。

「ソフィー、彼女を頼む」

「承知しました。さあ参りましょう、奥様」

「ありがとう、ソフィアさん。でもすぐに戻るし一人で大丈夫だよ」

外に出るならともかく、化粧室に行くだけだ。それに秘書の彼女はこの場にいた方がいいだろう。

「ダメだ」

しかし拓海はぴしゃりと言った。まるで周囲に見せつけるように美琴の頬にそっと手を添える。

「今日のお前は綺麗すぎるんだ。一秒だって一人にしたくない俺の我《わ》が儘《まま》を聞いてくれるな？」

体の芯に響くような甘い声。蕩《とろ》けるような柔らかな笑《え》み。そして、気障《きざ》すぎる台詞《せりふ》。

しかし拓海が言うとそれだけで様《さま》になる。事実、会場の女性たちのざわめく声が遠くに聞こえた。

その中に黄色い声が混ざっているのは多分、気のせいではないだろう。

「……はい、あなた」

そっと目を伏せて、美琴は言った。


「――あんなタクミ、初めて見た……」

パーティー会場を出ると、ソフィアがたまらずと言った感じで呟《つぶや》いた。砕けた口調に美琴が目を瞬《またた》かせていると、彼女はすぐにはっとして「失礼しました」と口調を正す。

妙に慌てた様子がおかしくて、美琴はつい噴き出した。

「以前お会いした時もそうでしたけど、普段は拓海を名前で呼んでるんですよね？　なら、私も名前で呼んでください。敬語もいりません」

ソフィアは少しだけ悩んだ仕草を見せた後、にこりと微笑む。

「じゃあ、ミコトと呼ばせてもらうね。もちろん私にも敬語はいらないよ。私のことはソフィーと呼んでくれると嬉しいな。親しい人はそう呼ぶんだ。タクミの奥さんなら私の友人も同然だからね」

これには驚いた。敬語で話している時は、キャリアウーマンそのものなのに、今の彼女は驚くほどフランクだった。

「ミコト？　……馴れ馴れしすぎたかな？」

「ううん、違うの！　その、ずいぶん雰囲気が変わるから、驚いて」

「ああ。あえてそうしているんだ。日本語はそれなりにできるつもりだけど、日本人との距離をまだ掴《つか》み切れてなくて。変に馴れ馴れしいと思われてもいけないから、今のところタクミ以外の前では敬語を徹底してる。でも、正直堅苦しいのは好きじゃないから、ミコトとこうして話せるのは嬉しいよ」

ともすればあけすけな態度も、美琴にとっては心地よい。

正直なところ、今も拓海とソフィアの関係は羨《うらや》ましくてたまらない。

それでもソフィアを嫌いだとは思わないのは、彼女の明るさがそうさせるのだろう。

「そうだ、あなたにお礼を言いたかったの」

「お礼?」

「ソフィーのメールがきっかけで、拓海と食事をする習慣ができたの。だから……ありがとう」

この際だから言ってしまおう、と美琴は苦笑しながら続ける。

「本音を言うとね、ずっとソフィーに嫉妬してたの。今も少しだけ。お仕事だって分かっていても、あなたみたいに綺麗で仕事のできる人が傍にいると思うと、どうしてももやもやしてしまって……」

「待って待って! 私とタクミの間には何もない。確かに友人としては好きだけど、それだけだ。私は人の男に手を出す趣味はないよ。そもそも、今は三次元そのものに興味がないから」

「三次元?」

「あー……とにかくタクミとどうこうなることは、万が一にもありえないってこと。信じてくれる?」

美琴は頷く。一部意味が分からなかったが、拓海に対して友情以上の関係がないのはよく分かった。それにこうして彼女の人となりに触れた今は、嫉妬心よりも好意の方が上回る。

「……実は今日、とても緊張していたの。でも今日、迎えに来てくれたのがソフィーで良かった」

美琴はふわりと笑む。パーティーが始まってから、初めて素で笑った瞬間だった。

ソフィアはそんな美琴を柔らかな眼差しで見つめる。

(素敵な人)

こうして知り合わなければ、美琴はソフィアとこんな風に親しく話すことは多分なかった。それほど彼女は迫力のある美人なのだ。でも実際の彼女は茶目っ気たっぷりで、こんなの好意を持たないわけがない。拓海もきっと、こんな彼女の人柄を気に入っているのだろう。

「ミコト？　何」

美琴の視線に気づいたソフィーが首を傾げる。

「あなたのこと、素敵だなあと思って」

素直に伝えると今度はソフィーが噴き出した。

「ありがとう。私もミコトのことが好きだよ。でも……こんなかわいい奥さんに『好き』って言ってもらえるタクミは幸せ者だね」

これを美琴は曖昧《あいまい》な笑《え》みでごまかした。ソフィアには簡単に言えた「好き」という言葉。でも美琴がそれを拓海に言うのは、こんなにも難しい。

「……本当に伝えたい人には、言えないのにね」

小さく呟《つぶや》いたそれはソフィアには届かなかった。

「私はここで待ってる。何かあれば呼んでね」

ソフィアはそう言い残して出て行った。一人になった美琴は、パウダールームのソファにそっと座る。

幸いにも、中には美琴しかいない。完全にとはいかないけれど、会場の中にいた時と比べて気分は大分落ち着いている。これもソフィアのおかげだ。

華やかな外見も、それに反して気さくでチャーミングな性格も、全てが好ましい。

拓海がソフィアを秘書に抜擢したのも納得がいく。貴文と藍子がお似合いだったように、ソフィアならば拓海の隣に並んでも何ら見劣りはしない。

（じゃあ、私は？）

鏡に映る自分は確かに綺麗だと思う。でも今の美琴は、見かけだけの張りぼてだ。

どんなに美しく着飾っても、作り笑顔をしても、中身だけは変えられない。本当の美琴は、拓海の夢を奪っておきながら、それを隠し続けている。そんな自分がたまらなく卑怯に感じた。

（でも、拓海は違う）

彼は、変わった。

美琴に対する心中は定かではないが、再会した時に比べて確実に歩み寄りを見せてくれている。

（変わっていないのは、私だけ）

自分の想いを伝えることで拓海に負担をかけてはいけないと思った。

迷惑をかけて、不快にさせてはいけないと思った。

でもそれは……もしかしたら、逃げているのと一緒なのかもしれない。

拓海にこれ以上嫌われるのが怖い。駆け落ちに協力したことがばれて失望されるのが怖い。

そんな自分の本心を「拓海のため」と置き換えてごまかしていただけなのだと、今更になって気づく。

（変わりたい）

そう、強く思った時だった。

「待ってください、どうしてあなたが――」

「どきなさい！」

騒がしい声がする。誰かが言い合っているようだ。何事だろうと美琴が立ち上がると同時に、一人の女性が入ってきた。

「美琴さん」

「おばさま……？」

そこにいたのは、九条夫人――九条倫子だった。

倫子と会うのは礼と同じく実に半年ぶりで、それ以降は一度も会っていない。息子の駆け落ちに倫子は酷くショックを受け、しばらく臥せっていたと聞いている。実際、目の前の彼女は記憶の中より少しほっそりしていた。

（どうしてここに？）

今日の招待客リスト一覧を思い出すけれど、倫子の名前はなかったはずだ。

「お久しぶりね、美琴さん。会えて嬉しいわ」

倫子はにいっと笑う。その笑顔になぜだか背筋がぞくりとした。

「ミコト！」

直後、ソフィアが入ってくる。彼女は美琴と倫子を認めると、すぐに二人の間に割り込んだ。

「お引き取りを。今日、あなたは招待されていないはずです」

ぴしゃりとソフィアが言い放つ。倫子は不快そうに眉を顰《ひそ》めた。

まずい。ただでさえ倫子の拓海への心証は悪いのに、この上、彼の秘書と揉めさせてはいけない。

美琴はソフィアの手を引いて、隣に並んだ。

「おばさま。こちらは、拓海さんの秘書をされているソフィアさんです」

紹介すると、倫子は値踏みするようにソフィアを上から下まで見渡した。

「……そうなの、あなたが噂の秘書の方ね」

「噂？」

聞き返す美琴に、倫子は「何でもないわ」と意味深な笑《え》みを浮かべてソフィアと向き合った。

「ソフィアさん、私は美琴さんとお話をしているの。邪魔をしないでくださる？」

「承知できません。私に指示できるのは、タクミだけです」

きっぱりと断るソフィアに、倫子は笑《え》みを打ち消した。

「日本語が理解できないのかしら？　なら言い方を変えましょう。——身の程を知りなさい。私に意見するなんて許しません。拓海の愛人風情が調子に乗らないことね」

この瞬間、ソフィアの頬に朱が走る。それを倫子は満足そうに見据えた。

「今度は伝わったようね。自分の立場が分かったのなら今すぐ下がりなさい。目障りだわ」

「おばさま！」

いくら何でもその言い方はない。とにかくこれ以上、二人を一緒にいさせてはダメだ。美琴はソフィアと向き合った。

「ソフィー、先に戻っていてくれる？」

「でも、ミコト」

「大丈夫。おばさまと少しお話ししたら私もすぐに戻るから」

「……待ってて、拓海に伝えてくる」

ソフィアは渋々ながら頷くとパウダールームを後にした。美琴はため息を吐き、倫子と向き合う。

「……おばさま、先ほどの言い方はあんまりです。彼女は確かに拓海の秘書ですが、以前からの友人だと聞いています。それを、『愛人』だなんて……」

美琴に意見されたのが面白くないのか、倫子は眉間に皺《しわ》を寄せた。

「どうして？　私は事実を言っているのよ。騙《だま》されているのは美琴さん、あなたの方だわ。拓海は四六時中あの秘書を傍に置いていると聞いているもの。それもかなり親密な雰囲気だとか」

「秘書で友人なんですから、親しいのは当然でしょう？」

なおも言い返す美琴に、倫子はわざとらしくため息を吐く。

「現実を直視したくないのは分かるわ。私もそうだったもの。でもね、私はあなたを心配しているの。だって、本当なら今頃私たちは母娘《おやこ》になっていたはずなんですもの。だから……もし拓海に酷いことをされたら、いつでも相談してちょうだい。私はあなたの味方よ」

倫子は幼子を諭《さと》すような猫なで声で言った。体にまとわりつく、ねっとりとしたその声色。

「今日はそれを伝えたくて来たの」

彼女は美琴の両手をそっと取ると、自《みずか》らの手のひらで包み込んだ。

「帰国してからの拓海は、外では人が変わったように穏やかに振る舞っていると聞いたわ。でも、騙《だま》されちゃダメよ。あの男は何も変わっていない。口が悪くて冷酷で、意地が悪くて。拓海は九条に引き取られた時から、うちを乗っ取ろうとしていたわ。それが今度は貴文に成り代わって柊に婿入りするなんて……ありえない、ありえないわ」

「待って……待ってください！」

興奮している倫子を、美琴はなんとか制止する。

「拓海は九条を乗っ取ろうなんて思っていないと思います。だって、九条家には礼君がいるでしょう？」

「そんなの分からないわ。このまま放っておいたら、礼にも何かするかもしれない」

倫子の声はどんどん大きくなっていく。これでは誰に聞かれるか分からない。なんとか宥《なだ》めなくては——そう思った時だった。

「美琴！」

息を切らして現れたのは、拓海だった。

彼はすぐに倫子との間に割って入る。これに倫子は眉を吊り上げた。

「ここは女性用のパウダールームですよ、今すぐ出て行きなさい」

「もちろんそうします。でも先に行くのはあなたの方だ。今すぐこのホテルから出て行ってもらいましょうか。俺はあなたを招待した覚えはない」

拓海の背に庇《かば》われた美琴は、その表情を窺《うかが》い知ることはできない。しかし口調こそ丁寧なものの、その声は怖いくらいに冷たい。一方、それは倫子も同じだった。

「招待するべき人間を忘れるなんて、お前は昔から本当に愚図《ぐず》ね」

「忘れた？　面白いことを言いますね。こんな風に喚《わめ》き散らされてはたまらないから、あえて呼ばなかったんですよ」

「なっ……愛人の子が私を侮辱するつもり⁉」

「その台詞《せりふ》は聞き飽きました。この場でこれ以上あなたと無駄な会話をするつもりはありません。警備員を呼ばれるか、自分で出て行くか、どちらにしますか？」

「何をっ……！」

「言い方を変えましょうか。――惨《みじ》めに摘まみ出されたくなければ今すぐ出て行け。これ以上恥を晒《さら》すようなら、九条の屋敷からも出て行ってもらうことになる」

「お前が私を追い出すというの？　あの家は私と光臣さんのものよ、そんなことできるものですか！」

「できるんだよ、俺には。まだ現実を受け入れてないのか？　兄貴の駆け落ちの責任を取って、光臣は引退した。今の九条家を管理しているのは、当主代行の俺だ。成人した礼が当主に就任するまで、あの家の決定権は全て俺にあるんだよ」

「承知した覚えはありません！」

「納得していようといまいと、これは決定事項だ」

「何を偉そうなことばかり……そうだわ、貴文がいなくなったのだってお前が何かしたのでしょう。

九条と柊を手に入れるために貴文を利用したんだわ、違う⁉」

それは違う、と美琴が言いかけるより前に拓海が嘲笑する。

「何度も違うと言ったはずだ。兄貴の駆け落ちに俺はなんの関与もしていない。想像力が逞《たくま》しいのは構わないが、妄言は聞き飽きた」

「……どこまで口が悪いのかしら、育ちが知れるわね。美琴さん、この男は貴文と比較する価値もない塵《ごみ》よ。あなたは、拓海が柊家に相応《ふさわ》しいと思っているの？」

矛先《ほこさき》は美琴に向かった。

「この結婚も、拓海に脅《おど》されて仕方なくしたのではないの？」

「それは――」

「美琴、何も言わなくていい」

答えるよりも早く拓海が制して倫子を睥睨《へいげい》する。

「いい加減そのうるさい口を閉じろ。耳が痛い」

しかしそれを見た倫子は、勝ち誇ったかのように唇の端を上げる。

「……やっぱり、そうなのね。思った通りだわ」

倫子はにんまりと笑む。

「美琴さん、こちらへいらっしゃい。可哀そうに、きっと拓海に酷いことをされたのね？　大丈夫、さっきも言ったけれど私はあなたの味方よ。良い弁護士を知っているの。あなたの力になれるわ」

倫子は拓海の時とは打って変わって、甘い声で美琴に語りかけた。

倫子の指摘は、ある意味正しい。この結婚は美琴の本意ではない……でも。

(ここで倫子さんの誘いに乗るのは、違う)

彼女は拓海を「塵《ごみ》」と言った。そんな倫子の本性を知った今、その手は取れない。取りたくない。

しかしこのまま拓海の背に隠れていても、倫子は引き下がらないだろう。今の彼女は何かに取りつかれたように拓海に噛みついている。なら、この場を収めるために自分は何をすればいい――

この時、美琴の頭にある言葉が浮かんだ。

『俺を好きだと態度で、言葉で示せ』

その瞬間、美琴は気づけば拓海の腕を引いていた。自《みずか》らの腕を絡ませて、ぴったりと彼の横に立つ。

「美琴……?」

驚きも露《あらわ》に見下ろす拓海に、美琴は微笑みかけた。次いで拓海に寄り添ったまま、倫子と向き合う。

「――おばさま、私は脅《おど》されても、酷いことをされてもいません」

隣で拓海が息を呑むのが分かった。

もしも藍子やソフィアが美琴と同じ立場なら、そつなくかわすことができただろう。

でも凡庸《ぼんよう》な美琴は彼女たちのように振る舞うことはできない。ならばせめて自分は拓海の迷惑にならないよう、彼の望む姿であろう。

彼は自分を好きだと嘘をつけと言うけれど、本当は違う。

拓海を好きな自分こそ、真実。

本当は好きで好きでたまらない。そんな自分を今だけ曝《さら》け出そう。

「私は、拓海が好きです。だから私は、『可哀そう』なんかじゃありません」

好き。その二文字を、美琴は初めて拓海の前で口にした。拓海の体が強張《こわば》ったのが伝わってくる。

一方、倫子はわなわなと体を震わせた。

「信じられない……あなたは、貴文の婚約者だったのよ？」

「おばさまのおっしゃりたいことは分かります。それでも、貴文さんが藍子さんを好きになったように……私が今好きな人は、彼なんです」

「貴文はあの女に騙《だま》されているの、あなたと一緒にしないで！」

先ほどの猫なで声が嘘だったかのように倫子は声を荒らげる。それでも美琴が動揺しないのに腹が立ったのか、彼女は憎々しげに美琴を睨《にら》んだ。

「……そういえば、あなたの母親も拓海の母親と似たようなものだったわね。──汚らわしい女」

母を、汚いと言われた──この瞬間、かっと目の前が赤くなる。

それと同時に、ドン、と強い音がした。拓海が右拳《みぎこぶし》を壁に叩きつけたのだ。

「きゃっ！」

「……あなたは、光臣の被害者でもある。それに俺や俺の母親の存在があなたを苦しめたのは、事実だ。だから今まで何を言われても……どんなに侮辱されても言い返さなかった。これから先も、俺には何を言っても構わない。その権利があなたにはあるんだろう」

でも、と拓海は語気を強める。

「俺の妻を侮辱することは絶対に許さない」

怒気を露《あらわ》にした拓海に、倫子はまるで蛇に睨《にら》まれた蛙のように身をすくませた。

「二度は言わない。今後一切、美琴に関わるな。もしこれを破れば容赦なく九条を追い出す」

「育ててもらった恩を忘れてなんて男なの。悪魔のようね」

「何とでも」

拓海に気圧《けお》されたように倫子はきゅっと唇を噛むと、吐き捨てた。

「……この、疫病神」

そして二人の横を通り過ぎる瞬間、美琴の耳に唇を寄せた。

「――あなたには、失望したわ」

去り際に強烈な皮肉を残して、彼女は出て行った。

二人きりになった瞬間、美琴の体から力が抜ける。

その場に座り込みそうになった彼女を支えたのは、拓海だった。

「大丈夫か」

「……うん」

拓海は息を吐くと、美琴を抱き寄せる。ドレスに皺《しわ》が寄らないように、そっと触れあうくらいの距離。

「俺の前でまで強がらなくていい。そんな、今にも泣きそうな顔をしているくせに」

「拓海の前でなら、いいの……？」

「言っただろ。お前の涙も全部ひっくるめて俺の物なんだって」

「っ……！」

予想外の言葉に目を瞬《またた》かせると、拓海はふっと笑った。思わず見惚れるくらい綺麗な笑《え》みだった。

――この笑顔は、演技なんかじゃない。

なぜかは分からない。でも、一目で確信した。拓海が自分に笑ってくれている。ありがとうと言ってくれている。それが信じられないほど嬉しくて、頬が緩《ゆる》みそうになった。

言い方は素っ気ないけれどこんなにも優しい彼は、まるで昔に戻ったようで――美琴が拓海の背中に両手を回そうとした、その時だった。

「あと……さっきの、『俺が好き』って」

「あの、それは――！」

拓海は美琴に嫌われていると思っている。そんな彼が、あの言葉を追及しないはずがなかった。あの場を収めるためとはいえ、予期せぬ形で自分の本心を知られてしまい動揺する。

「……あんな嘘をついてまで俺のことを庇《かば》ってくれて、ありがとう」

美琴の表情が凍り付く。

――拓海は、美琴の言葉を嘘だと言い切った。

まるでそれが当然のように……美琴が拓海を好きなんて、ありえないように。

やはりこの気持ちは迷惑でしかないのだろうか。そう思ったら、途端に喉の奥が詰まったような感覚に陥《おちい》った。嘘じゃない、あれは私の本心だと言いたいのに言葉にできない。

それでも、これだけは伝えたかった。

「……庇《かば》ったわけじゃないよ。拓海のことを……あなたのお母様をあんな風に言われて本当に嫌だったから、言っただけ」

それは、彼の予想していた言葉ではなかったのだろう。拓海が息を呑むのが分かった。

「……どうして」

そう、言いかけた時。

「タクミ、ミコト！」

ソフィアがパウダールームに入ってくる。なかなか戻らない二人の様子を見に来た彼女は、向かい合う拓海と美琴を交互に見る。

「主役の二人がいないことに、会場がざわつき始めてる。そろそろ戻らないと」

拓海は何か言いたげな様子で美琴を見るが、今は会場に戻る方が優先だと考えたのだろう。

「分かった。……行こう、美琴」

彼は迎えに来たソフィアに頷くと、美琴に向かって手を差し出した。その表情は既に表向きのものへと戻っており、先ほどまでの素の拓海はどこにもいない。

その後もパーティーはつつがなく進行した。

拓海は最後まで紳士的な態度を貫《つらぬ》き、美琴もその傍《かたわ》らで笑顔を保ち続けた。その仲睦《なかむつ》まじい様子を参加者らは褒め称えた。今宵《こよい》の二人を見て、仮面夫婦であると気づいた者はおそらく誰もいないだろう。

　パーティー終了後も参加者の見送りなど慌ただしく時間は過ぎ、結局美琴は拓海とゆっくり話す間もなく、彼とソフィアは出張へと向かったのだった。

X

　結婚披露パーティーから五日後の朝。

(拓海が帰って来るまであと二日……か)

　朝食の後片付けを終えた美琴は、ちらりとカレンダーに視線を向ける。

　一週間なんて、あっという間だと思っていた。

　拓海の出張は珍しいことではなかったし、何よりそれ以前には四年間全く連絡を取っていなかったのだ。それに比べれば一週間なんてたいしたことない、と。

　しかし人とは欲深い生き物で、拓海と食卓を囲むのが日常になりつつあった今の美琴にとって、一週間は長すぎた。

　朝起きてもベッドには自分一人。

　食事を作っても「美味《おい》しい」と言って食べてくれる人がいない。

　少し前まで当たり前だったはずのそれが、今ではたまらなく寂しく感じてしまう。

それでも、拓海が帰って来た時に喜んでくれるかも……と、冷凍庫にはどんどん調理済みの料理が増えていく。実際に彼が帰った時には出来立てのものを食べてほしいから、また新たに料理をするのだろう。それが分かっていても、ついついこうして作ってしまう自分がいた。

本音を言えば、今こうしている時も拓海の声が聞きたくてたまらない。

しかし多忙な彼と連絡を取ったのは、この五日間でも数えるほど。

時差を考えると電話をするのも躊躇《ためら》われて、ただただ彼の帰国を待つ毎日だ。

拓海の帰国を指折り数えて待つなんて、結婚当初を思うと信じられない心境の変化である。

それに今は、拓海のことを考えるたびに湧き上がる気持ちがあった。

好きだ、と。

嘘ではなく本心なのだと、伝えたくてたまらなくなるのだ。

その時、不意にスマホが鳴った。

あまりのタイミングの良さに美琴の肩がビクンと震える。拓海だろうか、と音の方に視線をやって、すぐに違うことに気づいた。着信を告げたのは、もともと美琴が使っていた方のスマホだったのだ。

ディスプレイに表示された名前は、山城百合子。美琴はすぐにスマホを手に取った。

「もしもし、園長先生？」

休職以来、学園関係者から連絡が来るのは初めてだ。もしや何かあったのだろうか。

『美琴さん？』

電話口から聞こえてきた声は穏やかで、ひとまずほっとする。しかし直後、美琴は言葉を失った。

『今、あなたのマンションの下にいるの。良かったら少しお話しできないかしら？』


「突然ごめんなさいね。驚かせちゃったでしょう？」

久しぶりに会う百合子は変わらず穏やかな雰囲気を纏《まと》っていた。

「はい、少し」

正直に答えながらも美琴は百合子をリビングへと通す。急なことだったので、拓海には連絡していない。彼はこの家に他者を入れることを快《こころよ》く思っていないようだが、百合子ならば拓海も何も言わないだろう。

「今お茶を淹《い》れますね」

ソファに百合子を案内した美琴が席を立とうとすると、百合子はそれを止めた。

「あ、いいの。お話が済んだらすぐに帰るから、気を使わないで大丈夫よ」

「話？」

「ええ」

それはつまり、単に遊びに来たわけではないということだ。

わざわざ美琴の家を訪れてまでする必要のある話なんて、やはり学園に何かあったのだろうか。

今の拓海であれば、寄付を打ち切るなんてことはしないはずだが……美琴は身構えながらも百合子の対面に座る。すると、百合子は唐突に何かを差し出した。

それは四つ折りにされた一枚の紙だった。不思議に思いつつも開くと、そこには外資系ホテルの名前と部屋番号のみが記《しる》されている。しかし美琴にはそれが何なのかさっぱり分からない。

「園長先生、これは？」

「九条貴文さんの滞在されているホテルよ」

「え……？」

貴文、と。今、百合子はそう言ったのか。

言葉を失う美琴に百合子は続ける。

「昨日の夜、貴文さんから学園の私宛てに電話があってね。その時に美琴さんへの言付けを頼まれたの。明日の夜までそのホテルに滞在されているそうよ。もしも会ってくれるのならば、ホテルを訪ねてほしいとおっしゃっていたわ」

「待ってください、急な話すぎて……どうして、園長先生と貴文さんが……？」

最愛の人と駆け落ちしたはずの元婚約者。彼が帰国しているというだけでも驚きなのに、なぜ百合子と彼が繋《つな》がっているのか……混乱する美琴を落ち着かせるように、百合子は穏やかな声色で告げた。

「実は、彼から連絡が来るのは、これが初めてではないの。美琴さんは、水谷藍子さんを知ってるわよね？」

「……はい」

百合子から彼女の名前が出たことにまたしても驚く。しかし百合子は更に衝撃の事実を口にした。

「実は、彼女は涼風学園の出身でね。だから私も彼女のことは子供の頃から知っているわ。でも、学園は柊グループの傘下《さんか》の財団法人が運営しているでしょう？　にもかかわらず、施設出身者がグループの次期トップと駆け落ちをしたらどうなるか……もしかしたら、学園に圧力がかかるかもしれない——彼女はそれをずっと心配してたみたいで。駆け落ちからしばらくして、貴文さんから様子を伺《うかが》う連絡があったの」

百合子は圧力がかかるどころか、新社長から手厚い支援をもらっていることを伝えたという。以来、百合子と貴文は何度か連絡を取り合っており……昨夜も帰国の電話を受けたらしい。

「貴文さんは、今回の帰国を最後にするつもりらしいわ。その前に、どうしても美琴さんに会ってお礼を伝えたいんですって。今の自分たちが一緒にいられるのは、全て美琴さんのおかげだから……そう、貴文さんは言っていたわ」

しかし美琴に直接連絡を取り、万が一にも迷惑をかけてはいけない。だから百合子を仲介にして、こうしてコンタクトを取ってきた——全てを聞き終えた美琴は、すぐに言葉が出なかった。

藍子が施設出身者だったこと、貴文が帰国していることへの驚きはもちろんある。それと同時に、貴文と藍子が今も共にいることに安堵した。

その後、百合子は「いつでも美琴さんの帰りを待ってるわ」という言葉と共に帰っていった。

一人になった美琴は、貴文の滞在先の書かれた紙を今一度眺める。

（良かった……本当に、良かった）

便りがないのは無事な証拠だと言い聞かせていた。それでもふとした時、貴文たちは今頃どうしているだろうかと気になっていた。そして今、二人が無事でいると知り、心から安堵している自分がいる。

貴文には会いたい。

会って、この目で彼の無事を――幸せになれた姿を見たい。

そして、貴文に会いたい理由はもう一つある。

もしも拓海に想いを伝えるならば、必然的に駆け落ちに協力したことも話すことになる。

しかしそれは美琴の一存では決められなかった。万が一にも貴文たちに迷惑をかけたくないからだ。

そのためにも――

(貴文さんに、会おう)

そして拓海に全てを伝える許しを得るのだ。

おそらく拓海は美琴と貴文が会うことを許さないだろう。

再会から今日までの彼の態度を思えばそれは明らかだ。

拓海が帰国するのは、一日後。一方の貴文は明日の夜には日本を発《た》つという。ならば、明日の日中に会うしかない。迷った末、美琴は拓海に一通のメールを送った。

『明日、所用で出かけます。連絡が遅くなってごめんなさい。あと……帰ってきたら拓海に聞いてほしいことがあります。無事の帰国を祈っています』

帰国した拓海は、許可なく貴文に会ったことを怒るだろう。それでも会わなければならない。

……もう、拓海への気持ちを抑えることができるとは思えなかったから。

たとえ嫌われていても、一度だけでいい。


あなたが好きだと、伝えたい。

◇―＊◆＊―◇

翌日の正午。美琴は、貴文の滞在先のホテルに向かった。

これから訪れることは事前にホテルのフロントに連絡してあるから、貴文も承知しているはずだ。

本来なら直接電話やメールでやり取りをすればいいのだが、拓海に内緒で会う以上、二人を繋《つな》げる痕跡は少しでも少ない方がいい。

美琴は扉の前に立つと、すうっと深呼吸をした後、三度ノックした。直後、内側から扉が開く。

「貴文さん」

元婚約者である彼は、美琴を見てふわりと笑った。

「……久しぶりだね、美琴」

懐かしい、陽だまりのような笑顔で。

部屋はシングルサイズのベッドが一つ、壁に設置された机と椅子が一つずつあるだけのごくシンプルなものだった。あえて目立たないようにスタンダードクラスの部屋を取ったらしい。

「さあ、どうぞ」

貴文はごく自然な動作で椅子を引いて美琴を誘うと、自《みずか》らはベッドの上に腰かけた。

「今日、藍子さんは？」

「別のフロアの部屋にいるよ。美琴とゆっくり話をしたいから、席を外してもらったんだ」

人一人分の距離を開けて二人は向かい合う。

こうして顔を合わせるのは空港で別れて以来だ。まだ一年も経っていないのに、もう随分と遠い昔の出来事のような気がする。それでも、こうしてもう一度会えたことに美琴は心から安堵した。

「美琴」

貴文は、唐突に頭を下げた。

「まずは、改めてお礼を言わせてほしい。君のおかげで僕たちは今も離れず一緒にいられる。……本当にありがとう」

美琴は静かに首を横に振った。

二人のために美琴ができたことなんてごく僅《わず》かだ。そこから先は、二人の努力の結果だ。

「貴文さん、頭を上げて」

促《うなが》されて顔を上げた貴文はどこか困惑しているようだった。

「正直に言って、今かなり動揺してる。百合子さんにお願いしたのは僕だけど……本当に来てくれるとは思わなかったから」

「どうして？」

「僕は、君に嫌われて当然のことをしたから。婚約破棄をしたせいで君は拓海と結婚することになった。……美琴、好きな人がいるって言ってたよね。僕からすれば拓海ほどいい男はいないけど……他に想う人がいる君が他の男と結婚するきっかけを作ったのは、他ならない僕だから」

貴文は絞り出すような声で言った。

婚約破棄の結果そうなるだろうことは、貴文も予測していた。その上で自分は藍子を選び、美琴を犠牲にした。協力するという言葉に甘えた。それなのに今更謝るなんて、自分を正当化したいだけかもしれない。自己満足にすぎないのかもしれない。それでも、謝らずにはいられないのだ――と。

懺悔《ざんげ》にも似たかつての婚約者の言葉に、美琴はふうっと息を吐いて言った。

「貴文さん、聞いて。私の好きな人って……拓海なの」

目を見開く貴文に、美琴は今日にいたるまでのあらましをゆっくりと紡ぐ。

貴文と婚約しながらも、本当は拓海が好きだったこと。

想いを伝えることなく拓海の渡米を見送り後悔したこと。

だからこそ、自分の想いを貫《つらぬ》く貴文の駆け落ちに協力したこと。

その結果、拓海が夢を諦めて帰国し、貴文の身代わりとして美琴と結婚したこと。

そして今は、愛のない結婚をしていること。

拓海に好かれていない現実。そして自分が夢を妨害してしまった自戒の念から、この気持ちを表に出すことはしないと一度は決めた、でも、そんな中、少しずつ二人の関係が変わり……美琴は、想いを伝えたいと思っていること。

「今の私は……拓海に気持ちを伝えたい。嫌われていてもいい、好きだって言いたいの」

そのためには隠していたこと——すなわち駆け落ちに協力したことを話す必要がある。

「一度は協力しておきながらこんなこと言うのは卑怯だと思う。……でも、ごめんなさい。貴文さん、私が拓海に話すことを許してくれますか？」

お願いします、と美琴は頭を下げる。直後、貴文が立ち上がった。

「やめてくれ！　美琴が謝る必要なんてない！」

彼はそのまま美琴に歩み寄ると、そっと膝をつく。

「顔を上げて、美琴」

おそるおそる顔を上げると、優しく見つめる貴文と目が合った。

「君が謝らなきゃいけない理由なんて何一つない。さっきも言ったように、謝るべきは僕の方だ。僕たちに協力したために一人で抱え込むことになってしまって……すまない、美琴。もちろん拓海に話すのは構わないよ」

「いい、の……？」

当然だよ、と貴文は言った。

「それに僕は、拓海がそれを知ったところで何かをするとは思えないんだ。僕の知る弟は、一見冷たそうだけど本当はとても優しい男だから。その証拠に拓海は、涼風学園を救ってくれた」

美琴は眉を寄せる。多額の寄付や新しい遊具を設置したのは知っているが、救った――？

「どういうこと？」

貴文は話してくれた。

駆け落ち直後、藍子や貴文の懸念通り、藍子が涼風学園出身と知った重蔵は、施設を閉園する方向で動いていたのだという。しかし拓海は新社長に就任するなりそれを阻止してくれたのだ、と。

休職後に美琴が訪れた時、百合子はそんなこと一切言ってなかった。純粋に拓海からの寄付を喜んでいたように見えたのに……それは、美琴を心配させないためだったのか。

美琴にとって涼風学園は大切な場所だから。

（……守られていた）

知らないうちに、拓海は美琴を守ってくれていたのだ。

「美琴。ここから先は僕たちの問題だ。美琴が心を痛める必要なんて何もない。君は君の想うままに動いていいんだよ」

貴文は静かに続ける。

「それと……今から話すことは、君を慰《なぐさ》めるための嘘じゃない。それを理解した上で聞いてくれるかな」

「何？」

「四年前に拓海がアメリカに発《た》つ前の夜、僕と拓海は二人きりで話したんだ。その時、拓海は僕に言ったんだ」

『兄貴、結婚おめでとう。……必ず、幸せにしてやれよ』

「『幸せになれよ』じゃなくてね。あの時、拓海は間違いなく君の幸せを祈っていたはずだ」

言葉を失う美琴に、貴文はゆっくりと続ける。

「もしも拓海が君のことを嫌いなら、そんなことを言うはずはない。それだけじゃない。僕は、写真以外に拓海が何かに執着するのを一度だって見たことがないんだ。そんな弟が唯一、美琴には執着している。その理由は……もしかしたら、君と同じなんじゃないのかな」

美琴と同じ？

もしも……もしも本当にそうならば。

（こんなにも幸せなことはない）

同時に過去の自分の言動を思い出して、胸が詰まりそうになる。

『……嫌い、です』

『拓海さん以外なら、誰でも』

あれは、結婚を阻止するための嘘だった。

もしも拓海が美琴を好きでいてくれたのなら、彼はあの時の言葉をいったいどんな気持ちで聞いていたのだろう。

喜びと後悔と、色んな感情が一気に湧き上がって、涙腺が緩《ゆる》む。

今すぐ、拓海に会いたい。

そう心が強く叫んだ時だった。

トントン、とホテルのドアがノックされる。

「……藍子かな。美琴はここで待っていて」

貴文は腰を上げると、内側から鍵を開ける。

その直後、バン！　と勢いよく外から扉が開かれた。

「え……？」

突然現れた人物に、美琴は息を呑んだ。

「――どういうことだ？」

心臓がきゅっとなるほどの冷たい声が響く。

ここにいるはずのない人――拓海がそこにいた。

「どうして……」

美琴と拓海の視線が重なる。

妻の目に涙が浮かぶのを見た瞬間、拓海は突然、兄の胸倉を掴《つか》み上げた。

「拓海、やめて！」

美琴がすぐに制止の声を上げるけれど、拓海はそんな声など耳に入らないように、兄を鋭く睨《にら》む。

「どうして君がここに……」

驚く貴文の問いにも、拓海は耳を貸さなかった。

「そんなのはどうでもいい。兄貴、美琴に何をした？　――答えろ！」

空気が震えるほどの怒号だった。拓海がここにいる理由は分からない。でも彼の言葉は、一つだけ確かなことを教えてくれた。

拓海は、美琴のために怒っている。

涙ぐむ美琴を見て、貴文に何かをされたと勘違いしたのだ。

「拓海、待って！」

美琴は弾かれたように席を立つと、貴文の体を背中で押しのけ、二人の間に割って入った。

「違うの、私は何もされてない。貴文さんは何も悪くないから……っ……！」

これは違うの。泣きそうになっていたのは、あなたのことを考えていたから。

貴文さんからあなたの言葉を聞いて、感情が高ぶって……今すぐ会いたいと思って、気づいたら涙が出ていたの――だがそれは、言葉にできなかった。

……美琴を見下ろす彼が、今にも泣きそうな顔をしていたから。

拓海は怒りを抑えるようにぐっと拳《こぶし》を握る。唇を噛みしめて衝動に耐える様《さま》にきゅっと胸が締め付けられて、美琴は声が出ない。

「メールを見て嫌な予感がしたから、急遽《きゅうきょ》出張を切り上げてみたら……なんだ、これ」

絞り出すような声で拓海は言った。

「……やっぱりお前は兄貴が好きなのか、美琴」

それが親愛を指すのではないことは、流石《さすが》に分かった。

拓海は、美琴が貴文に恋情を抱いていると思っている。再会した当初も彼はそんなことを言っていた。しかし美琴はすぐに否定したはずだ。それなのにまさか、今もそんな風に思っていたなんて……

「お願い拓海、話を聞いて。全部、話すから——」

「聞きたくない。……聞いたところで、俺の答えは変わらない」

拓海はぐっと拳《こぶし》を握る。そして挑むように美琴と貴文を見据えた。

「美琴は誰にも渡さない。逃がさない。たとえお前が兄貴を好きだとしても、絶対に渡すものか！」

熱い視線が、美琴の体に突き刺さる。

「好きなんだ、美琴」

声が、熱が、空気を震わせる。

「初めて会った時からお前のことが、好きで好きでたまらない」

これは、夢だろうか。それとも自分の強すぎる思いが生んだ幻聴か。しかし美琴を真正面から見据える熱い視線が、これが現実だと教えてくれる。

一方通行の恋だと思っていた。想い続けるだけの、決して実ることのない恋。

予期せぬ再会を果たし、結婚して以降もそう思っていた。

しかしその気持ちは、拓海と過ごすうちに少しずつ変化していった。なぜなら普段の彼は表情も乏《とぼ》しく素っ気ないのに、ふとした時に優しさを見せたから。

拓海は、美琴にとってのかけがえのない場所である涼風学園の環境を改善してくれた。

雷が苦手な美琴のために食事をキャンセルしてくれた。雷雨に怯《おび》える美琴を一晩中抱きしめてくれた。美琴の作った食事を「美味《おい》しい」と言ってくれた。お弁当を持って行ってくれた。

九条倫子と言い合いになった時、美琴を庇《かば》い、代わりに怒ってくれた――

(想われていた)

言葉にすることはなかったけれど、彼の行動一つ一つに、想いが込められていたことに、ようやく気付くことができた。それを実感した瞬間。本能的に、美琴の体は動いていた。

「っ……！」

生まれて初めて、美琴は自分からキスをした。

貴文に見られていることなんて意識から消えていた。見えているのは拓海だけ。大好きな男以外、何も目に入らない。

正しいやり方なんて知らない。それを教えてくれたのは全部、拓海だったから。

なら彼が自分にしたのと同じようにすればいい。

初めて出会ってから十年。九条家の森で一目見た瞬間から芽生えた感情を、今、紐解く。

「好き」

拙《つたな》い口づけのあと、美琴は絞り出すような声で言った。

「私も拓海のことが、大好き」

驚愕に目を見開く拓海の頬を両手でそっと包み込む。拓海だけを見つめて、想いを告げる。

「初めて会った時からあなたのことだけを見てきた。あなただけが好きだった」

一度溢《あふ》れた水が二度と元には戻らないように。

溢《あふ》れ出る思いを今、声に、言葉に乗せて拓海に伝える。

「……俺を、好き？」

美琴は静かに頷く。

「お前が好きなのは、兄貴じゃないのか……？」

「貴文さんのことは好きだよ。でもそれは恋じゃない。私が好きなのは、拓海なの」

信じてもらえないのなら、何度でも同じ言葉を口にしよう。

何百回、何千回、何万回でも構わない。この気持ちが彼の心に届くまで、美琴は伝え続ける。

「私が男性として見ているのは……愛している人は、あなただけ」

真っ直ぐ拓海だけを見つめる。揺れる黒い瞳に自分が映っているのが嬉しかった。彼が今何を思っているのか分からない。それでもどうか伝わってほしい。疑わないでほしい。

今も昔も美琴が思っているのは、拓海だけなのだから。

「――美琴が言っていることは本当だよ、拓海」

その時、二人を見守っていた貴文がそっと口を開いた。彼は弟を見つめて静かに続けた。

「婚約中も今も、僕たちが恋人だったことは一度もない。駆け落ちしてから彼女と会ったのも、今日が初めてだ」

拓海の視線が貴文へと移る。

「拓海。僕には君に話さなきゃいけないことや、謝らなきゃいけないことが沢山ある。でも今は、美琴と二人で話した方がいい。僕はもう、逃げないから」

「……分かった。俺の連絡先は、変わってない」

「必ず連絡するよ」

そして貴文は、出て行った。

◇—＊◆＊—◇

二人きりになった拓海は、信じられない気持ちで妻を見つめていた。

それが表情に表れていたのだろう。美琴は拓海を真っ向から見据える。再会して以来、こんなにも力強い彼女の瞳を見るのは初めてだった。まるで挑むようなその瞳から、視線が逸らせない。

「私はずっと、あなたは私のことなんてなんとも思っていないと思ってた」

「そんなこと！」

反射的に否定しかけるが、美琴は静かに、しかしはっきりと「聞いて、拓海」と続ける。

「あなたに話さなきゃいけないことがあるの。私は……私は、貴文さんの駆け落ちに協力したの」

「美琴が……？」

思いがけない告白に息を呑む。どうして、と問うと美琴はゆっくりと話してくれた。

「四年前、私は『好かれてないなら告白しても仕方ない』と諦めて、何も言わずにあなたを見送った。でもそれをずっと後悔していたの。そんな時、貴文さんに好きな人がいると告白されて、思ったの。もしも心から好きな人がいて、相手も同じ気持ちでいてくれるなら、絶対にその手は放しちゃいけないって。だから、二人の駆け落ちに協力した。今日まであなたを好きと言えなかったのは……あなたに、負い目があったから」

「負い目？」

「拓海には本当に申し訳ないことをしたと思ってるけれど……私は、駆け落ちに協力したこと自体は後悔してない。でも、結果として拓海はフォトグラファーの夢を諦めることになった。その上、拓海は私のことを嫌っていると思ってた。だから言わなかった、言えなかった……ただでさえ私のせいで帰国することになったのに、その上『好き』なんて言って、困らせたくなかった……」

涙を浮かべながら美琴は言った。

「沢山、迷惑をかけてごめんね。でも……好きなの。あなたのことが、大好き」

好きなの。好きで好きで、たまらない。

そう、美琴は繰り返す。壊れたオルゴールのように、何度も、何度も。

「美琴、俺は――」

彼女の笑顔が好きだった。泣かせたくないと、笑顔でいてほしいと思ったはずだった。

それなのに今、美琴は拓海を想って泣いている。

その姿に、拓海はたまらず美琴を抱きしめた。

美琴は抵抗することなく、拓海に身を任せる。涙で濡れた顔が痛ましく、胸が締め付けられた。

(泣かせたのは、俺だ)

今日だけじゃない。四年前に別れた時も、再会した時も、結婚生活中も……そして今日もまた、拓海は美琴を傷つけた。冷たい言葉を投げつけ、傷つけ、泣かせたのだ。

しかし美琴はそんな愚かな自分をずっと想ってくれていた。好きでいてくれた。

ならば今の拓海が言わなければいけない言葉は、一つしかない。

「――ごめん」

親指でそっと目尻の涙をすくう。そのまま前髪を耳の後ろに流して、滑らかな黒髪を何度も撫でる。

「今まで酷いことをして、傷つけて……泣かせて。何度謝っても許されないことをした。お前はこんなにも最低な俺を想ってくれていたのに……本当にごめん」

「たく、み……？」

「好きだよ」

言葉を失う妻に、重ねて言った。

「美琴のことが好きだ。一年前、あの森で初めて会った時からお前のことを想ってる」

彼女が勇気を振り絞って伝えてくれたように、同じ言葉で気持ちを伝える。

「……一目惚れだった。十七歳の俺は、四歳も年下の女の子に一目で心を奪われた」

衝動的にシャッターを切ったのはあれが初めてだった。

「それくらいその子は、綺麗で可愛かったから。あの時の俺の目には、美琴のいる場所だけが輝いて見えたんだ」

それは今も変わらない。今も昔も美琴は美しい。

「それでも、初めは自分の気持ちに気づかないふりをしていた。お前は兄貴の婚約者だったし、何より兄貴のことが好きだと思ってたから。……だから、たまに会えるだけで十分だと思い込むようにしていた。手に入らないと分かっているなら、最初から望まない方がいい。でも……無理だった。何度も何度も諦めようと思った。でもお前はどんどん綺麗になっていった。そんなお前を見るのが辛くて……でも見ていたくて……おかしくなりそうだった」

そんな日々を何年も過ごした。けれどやはり、限界は来た。

「大学卒業と同時に結婚すると知った時、もうダメだと思った。これ以上、近くにはいられない。結婚した二人を祝福なんてできない。だから俺は、お前がいない国に逃げたんだ」

しかし四年後、兄の駆け落ちを知った。兄の代わりになることを提示された時、拓海は悩んだ末に頷いた。確かにフォトグラファーを辞めるのは残念だったけれど、美琴との結婚のためなら構わない。

「写真と美琴、天秤にかけるまでもない。写真は趣味でいくらでも撮れる。でも美琴はこの世に一人しかいないから」

それなのにまさか、美琴がそのことに傷ついているなんて――自分のせいで拓海が夢を捨てたと悩んでいるなんて。

「気づかなくてごめん。でも本当に、お前が気に病《や》む必要なんてなかったんだ」

だからこそ再会した日、泣きながら拒否する美琴に絶望した。

まさか彼女が拓海のことを考えて断ったなんて思わなかったのだ。

「美琴が俺を好きなんて考えたこともなかった。それでも、お前の気持ちが手に入らなくても……

手放すことなんて、できなかった」

そんなの、できるはずがなかった。

「欲しかったから。お前以外に欲しい物なんて、何もなかったから」

「拓海が欲しかった物って、柊商事じゃなくて、私……？」

「お前を手に入れるために、社長になることを決めた。美琴以上に必要な存在なんて、何もない」

だから体だけでも縛り付けようとした。

そんなことをしても何の意味もないと頭では理解していても、できなかったのだ。

「怖かったんだ。お前のことが好きだから……離れることを考えると、怖くてたまらなかった」

だからチョーカーで監視した。マンションに閉じ込めて束縛した。

「何度謝っても足りないことを、俺はした。でも……もう一度だけやり直すチャンスをくれないか」

「チャンス……？」

虫の良い話だと分かっている。それでも望まずには、いられない。

「美琴が好きだ。だからこれから先もお前の傍にいることを許してほしい」

「なら、私も傍にいていいの……？」

じっと拓海の言葉に耳を傾けていた美琴の目から、涙が溢《あふ》れた。一筋、二筋……と伝うようなものではない。子供のようにボロボロと大粒の涙を流しながら、美琴は口を開く。

「私は、これからも拓海を好きでいていいの……？」

「っ……そんなの、いいに決まってる！」

むしろ許しを乞わなければいけないのは、拓海の方。

「遅くなってごめん。沢山傷つけて泣かせてごめん。でも……今度こそ大切にする。幸せにするから」

美琴の両手をそっと包み込み、拓海は言った。

「だから……これから先も俺の傍にいてほしい。夫婦として、一緒に生きていきたいんだ」

美琴はまっすぐ拓海を見つめ返す。

「……はい」

そして、美琴は微笑んだ。

「喜んで、拓海」

世界で一番綺麗な笑顔だと、心から思った。

XI

マンションに戻った二人は、どちらからともなく求めあった。

拓海は美琴をベッドに横たえると、そっとキスを落とす。

「ん……」

初めはそっと触れ合うだけのキス。感触を確かめるように啄《ついば》むと、美琴はくすぐったさから少しだけ身をよじる。そんな些細《ささい》な仕草さえも拓海の熱情を煽《あお》ることを、美琴は知らない。

拓海は右手で髪の毛を撫でながら、そっと舌を侵入させる。

唇を何度も食《は》まれたかと思えば、歯列をなぞり、舌裏をなぞられて——緩急ある舌使いに美琴はされるがままだ。

拓海が、欲情している。

抱きたいと、話すのがもどかしいと言わんばかりに自分を求めている。その事実に、体が疼《うず》く。

「あっ……！」

口づけは唇から首筋へと移っていく。拓海はチョーカーをずらすと、真っ白な首筋にきつく吸い付いた。思わず背中をのけぞらせるけれど、腰に回された拓海の手ですぐに引き寄せられる。

「美琴」

名前を呼ばれただけなのに、それだけで感じてしまう自分がいた。そんな美琴の反応を喜ぶように、拓海は美琴の項《うなじ》にちゅっと吸いつく。

「っ、ぁ……！」

ちくん、と甘い痛みの後に続いたのは、ざらりとした舌の感触だった。

「エロい声」

ふっと耳元に声が降る。低くて艶《つや》のある声と吐息に背筋が震えた。

(拓海の方が、よっぽど……！)

彼なら声だけで女性を口説けるだろう。本気でそう思うほど彼の声には力がある。事実、美琴は昔から拓海の声が好きだった。普段発する低くて心地よい声だけで十分素敵なのに、そこに色気まで加わったらもはや無敵だ。美琴は結婚してから数えきれないほど名前を呼ばれているのに、未だに慣れない。

「耳元で話すと、くすぐったいよっ……」

その証拠に今もまた、彼の声に体が反応して、太ももの内側がきゅんと疼《うず》いてしまう。

「耳、弱いもんな。声を我慢するな。可愛いからもっと聞かせて。お前の声、好き」

「っ……！」

じわり、と下着の中が濡れたのが分かった。それに気づいたはずはないのに、拓海がぐっと自《みずか》らの下半身を美琴に押し付けてくる。しっかりと隆起したそれは、はっきりと拓海の昂《たかぶ》りを表していた。

「拓海、あのっ……！」

当たってる、とか細い声で囁《ささや》く美琴に、拓海は「わざとだよ」と艶《つや》っぽく答える。

「――今すぐ、美琴の中に入りたくてたまらない。お前の最高にエロくて可愛い声を聞きたい」

直接的すぎる表現に胸が跳ねる。耳まで赤く染める美琴に拓海は更に続けた。

「本当は、こんな風に会話する時間がもどかしいくらい、美琴が欲しくてたまらないんだ」

お前は、とその瞳は問うていた。

今までのように強引に事に及ぼうとする拓海は、どこにもいない。

（私も……）

答える代わりに、美琴はそっと拓海の唇に自《みず》らの唇を重ねる。そして、いつも拓海が自分にするのを真似て舌で唇を割ると、拓海の舌に絡めた。初めは驚いていた拓海だが、次第に美琴に応《こた》えるように激しく吸い付いてくる。

「美琴……」

舌を絡めながら、拓海は「可愛い」と何度も口にした。互いの唾液が唇の間を伝い、くちゅくちゅとした粘着音が響く。

どれほどそうしていただろう。

互いに夢中で唇を貪《むさぼ》りあった二人は、ゆっくりと顔を離す。

「大丈夫か？」

「……うん」

美琴はベッドに仰向けに横たわったまま拓海を見上げる。こうして気遣ってくれることが、嬉しい。だから美琴は恥ずかしく思いながらも、目を逸らさずに言った。

「拓海とのキス、気持ちいいから、好き」

「――っ……！」

すると拓海が唐突に視線を逸らす。気のせいでなければ、頬が赤いような……

「拓海？」

「……何でもないから」

拓海はぱっと顔を背《そむ》ける。赤らんだ頬にどこか気恥ずかしそうな、その表情。

（もしかして）

美琴は呼吸を整えながら上半身を起こして、そっと声をかけた。

「……拓海、照れてる？」

「そんなわけないだろ」

即座に否定される。しかし横を向いたまま言われても、説得力がない。普段とはまるで違う彼の姿に、美琴はたまらず噴き出した。

「……美琴」

「ごめんなさい……だって、拓海が可愛くて」

そう言うと、拓海は文字通り固まった。

（こんな拓海を見るの、初めて）

「拓海はいつだって冷静で、余裕があって、大人だと思っていたから……今日はあなたのいろんな顔が見られて嬉しくて、つい」

美琴がくすくすと笑いを噛み殺しながら言うと、拓海は深いため息をつく。そして美琴の方を向き、苦笑しつつ言った。

「九条で生き抜くためには、自分を律して冷静でいる必要があったから。子供のままでいたら、傷つくのは自分だ。俺は……兄貴の前でさえ、気を張っていたと思う」

でも、と拓海は続けた。

「美琴だけは、違った。お前の前でだけは、俺は自分の感情をコントロールできなかったんだ」

拓海はぽん、と優しく美琴の体を押す。そしてベッドに横たわる彼女の顔の両横に両手をついた。

美琴は、突然ベッドに押し戻されてきょとんと目を瞬《またた》かせた。

「俺が冷静じゃなくなるのも、照れるのも、全部お前が相手だからだ。本当に余裕があったわけじゃない。そう見えるようにごまかしてただけだ」

「拓海が……？」

「好きな女が目の前にいるのに、冷静でいられるわけがないだろう？」

たまらず、息を呑んだ。

好きな女。

明確に表現された言葉に、嬉しさと恥ずかしさから耳まで赤くなってしまう。すると拓海はふっと頬を緩《ゆる》め、仕返しとばかりに美琴をまじまじと見つめて言った。

「今も昔も、余裕なんてこれっぽっちもなかった。いつだって俺は、お前のことを考えるだけで自分が自分でなくなるような気がしてたんだ。でも……もう、いいよな」

そっと美琴の耳元に唇を寄せる。

「――抱きたい。何も考えられなくなるくらい、滅茶苦茶にしたい。お前が欲しいんだ、美琴」

愛した男に望まれる。こんなにも幸せなことはない。美琴は瞳を潤《うる》ませながら、覚悟を決めて頷いた。

「……うん。私も……拓海を感じたい、だから……」

滅茶苦茶にして、いいよ。

囁《ささや》くような答えに、拓海は噛みつくようなキスをした。彼はそのまま美琴の服を全て剥《は》ぎ取る。

「あっ……！」

今更逃げようとは思わない。むしろ、こうなることを望んだのは自分だ。それでも、あられのない自分の姿を晒《さら》しているのが恥ずかしくて、羞恥心《しゅうちしん》から両手で胸元を覆ってしまう。

しかし拓海はそれを許さない。彼は今一度「美琴」と甘やかに命じる。

「隠すな。美琴の全てを、俺に見せて」

この声には、逆らえない。

まるで何かに操られたかのように、美琴はゆっくりと両手を下ろす。

露《あらわ》になったのは、豊かなお椀型の双丘。その中心を彩《いろど》る乳首は、ツンと上を向いている。

裸なんてもう何度も見られているはずなのに、恥ずかしくてたまらない。

美琴はきゅっと目を閉じて横を向く。それでも拓海の視線がどこに注がれているのか分かってしまう。顔、次は首筋、そして胸元。直接触れられているわけではないのに、熱い視線に頭がくらくらした。見られた部分がどんどん熱を持つ。

不意に、とろり、と足の付け根から愛液が一筋、太ももを伝った。

「や……！」

羞恥《しゅうち》の限界を超えた美琴は両手で秘部を隠そうとする。しかしそれより前に、拓海の足が太ももに割って入った。彼の足が愛液でしっとりと濡れていく。もうこれ以上は、耐えられない。だから。

「たく、み……お願いだから、もうっ……！」

お願い。

あなたを、ちょうだい。

空気に溶けて消えそうなほどの小さな声。しかし呟《つぶや》いた瞬間、拓海は唇の端を上げた。

ギラギラと欲情した瞳は、肉食獣そのもので――食べられる、と思った直後。

「……いい子だ」

唇を割って舌が入り込んできた。同時に拓海の長い指先が美琴の秘部に侵入してくる。

「んっ……ゃ、ぁ……どうして……」

高ぶったそれを挿入されるかと思っていたのに。

「もう十分濡れてるけど、慣らさないと辛いだろ？」

傷つけたら大変だから、と拓海はうっとりするほどの美声で言った。美琴を思っての気遣いのはずなのに……今はただ、もどかしくてたまらない。

拓海の指先は、知り尽くした美琴の膣内を容赦なく攻め立てた。最奥に触れたかと思えば一気に引き抜き、親指で陰核をこねくり回す。

愛液を纏《まと》った指が挿送されるたびに、くちゅくちゅとしたいやらしい粘着音が室内に響く。

「……すごいな、あっという間に二本が入った」

キスの合間、拓海は感嘆の息を漏らす。一方の美琴は、次々と押し寄せる快感の波にただ喘《あえ》ぐことしかできない。声を上げるたびに双丘がぷるんと揺れる。

それに誘われるように、拓海は空いた方の手で乳房を揉みしだきながら、尖った先端を何度も食《は》んだ。舌先でコロコロと転がされたと思えば、甘噛みをされる。

そうしている間にも、指は三本に増えていた。

「ゃ、あっ……！」

快楽と熱で、思考が揺らぐ。

だから、言ってしまった。

「もう、指は、ゃぁ……！」

もういいから。今すぐ、あなたが欲しい。

……心の叫びが声に出たのかは、快楽に浮かされた美琴には分からなかった。

しかし次の瞬間、美琴の体は反転した。うつ伏せにされた美琴の背後から、カチャリとベルトが外れる音がする。

「あっ……んぁ……！」

背後から熱い楔《くさび》が膣内に打ち込まれた。太ももを濡らすほどの愛液を纏《まと》ったそれは、いともたやすく拓海を呑み込んでいく。

「きっつ……そんなに締め付けるな」

拓海の余裕のない声に、無意識にきゅっと膣内が締まる。すると拓海が息を呑むのが分かった。

彼は根元まで呑み込まれたそれを、ゆっくりと前後に動かしていく。

「あっ、そこっ……ゃぁ……！」

正常位の時とは違う感覚。背後から突き刺されると、そのたびにお腹の中心がくっと熱くなって、疼《うず》いてしまう。

「……っ、美琴の中、すごく熱い。今すぐ食いちぎられそうだ」

拓海は上ずる声で言った。

「――動くぞ」

直後、拓海は美琴の腰に片手を添えると、激しく前後に動き始めた。

「ああっ……！」

一気に最奥まで貫《つらぬ》かれた直後引き抜かれて、再び突き立てられる。

緩急のついた動きに、気づけば美琴も腰を揺らしていた。そのたびに大きく揺れる胸を、拓海の手が揉みしだく。優しく触れるのとは程遠い荒々しい手つきなのに、いっそう熱が生まれる。

体の中心が熱くてたまらない。

(気持ちいいっ……！)

美琴は拓海に腰を上に突き出して、もっともっとと拓海を欲する。

自《みずか》ら腰を動かして、拓海の律動に呼吸を合わせた。

「あっ……！」

その時、不意に引き抜かれた。膣内を満たしていたそれが突然なくなった反動でうつ伏せになる美琴を、拓海はそっと抱き留める。そして体を起こさせ騎乗位の姿勢にして、言った。

「――美琴の顔を見ながら、イきたい」

直後、拓海は美琴の左足を抱え上げると、一気に挿入した。

「ああっ……はっ……！」

下から容赦なく突き上げられて、たまらず背中が反り返る。

その激しさに持ち上げられた足の指先までがピクン、ピクンと震えた。

溢《あふ》れ出る愛液が太ももから伝って床を濡らす。互いの体を打ち付ける音が、二人の荒々しい吐息と共に室内に溶けていく。

「っ……！」

拓海が一際激しく打ち付けた、その時。

「ああっ……！」

体の中心から全体に向かって痺《しび》れが走った。目の前が真っ白になって、小刻みに震える。

すると、拓海は膣内を占めていたそれを一気に引き抜いた。白濁がぴゅっと宙を飛び、美琴と拓海の肌をとろりと流れる。

頭が、おかしくなりそう。

気持ちいい、なんて言葉じゃ足りないくらいの圧倒的な快楽だった。

ぐったりと力の抜けた美琴の体を、拓海は肌が汚れるのも構わず抱きしめる。

「え……？」

だがすぐに違和感に気づく。下半身に確かに感じる昂《たかぶ》りにまさか、と視線を下に向けた美琴は硬直した。

（うそ、でしょ……？）

目の前には凶悪なまでに反り返るものがあった。たった今達したばかりだというのに、元の——否、先ほど以上の硬さを得たものが、美琴の秘部に触れているのだ。はっと拓海の顔に目を向ければ、彼は壮絶な色気を放ちながら、美琴を見つめていた。

「誰が終わりって言った？」

「拓海、まっ……ああっ！」

美琴の言葉を最後まで待たずに拓海は一気に挿入する。

ずん、と感じた圧迫感にたまらず美琴の体が跳ねた。

「あっ、深い、よぉ……！」

ベッドに仰向けになった美琴の両太ももを抱えて、拓海は激しく腰を打ち付ける。そのたびに甘い嬌声《きょうせい》を上げる美琴の中は、屹立《きつりつ》した拓海のそれを締め付け離さない。

既に衣服を脱ぎ捨てた二人は、素肌同士を触れ合わせて互いに求めあう。

「あっ……そこ、ゃ……！」

ある一点を突かれた美琴の背中が大きく跳ねる。

「ここ、好きだったな」

「んっ……ああっ、だめぇ……！」

口ではそう言っていても、美琴の体は違った。最も感じる部分を突かれた反動で、無意識に膣内がきゅっと収縮してしまう。すると拓海は熱い息を漏らした。

「……美琴の中、熱い。とろけそうだ」

「だって、いい、からっ……！」

気持ちいい、と美琴は熱に浮かされたように何度も口にする。

美琴はもう快楽を隠したりしない。自《みずか》らも拓海を求め、感じるままに体を動かす。

美琴が拓海の首に両手を回すと、彼もまた抱きしめ返す。

そして美琴に顔を近づけると、噛みつくようなキスをした。そして舌を絡ませながら、律動を深める。

上と下の両方からいやらしい粘着音が室内に響き、それがいっそう二人の熱を高めていく。

「た、くみ……」

拓海を受け入れている間、美琴は何度も夫の名前を呼んだ。

拒むためではなく、そこにいることを確認するように、何度も何度も。

そのたびに拓海は彼女にキスをする。

「美琴、最高に可愛いよ。……大好きだ」

「私、もっ……す、き……！」

美琴が言った直後、拓海は最奥を突き刺した。

「ああっ……！」

美琴の体が大きく跳ねる。

同時に拓海の顔がくっと歪《ゆが》んだ。彼の汗が宙を飛び、美琴の肌を濡らす。

彼もまたイキそうなのだ。それに気づいた美琴は両手を彼の背中に回して、自《みずか》ら腰をこすりつける。

「美琴、これじゃあ中に――」

「いい、よ……」

真っ白になりそうな思考の中、美琴は弱々しい声で――しかしはっきりと、拓海に告げた。

「私の中でイって……拓海を、私にちょうだい？」

「っ……お前はっ……！」

美琴の言葉に応《こた》えるように拓海は激しく腰を打ち付ける。溶けあうほどに激しく絡み合い、食べつくさんほどのキスを交わす。

「あっ……！」

体の内側から作り変えられるような感覚に陥《おちい》った、その時。

「や、いく、いっちゃっ……！」

まるで拓海の全てを搾《しぼ》り取るように収縮する膣内に、拓海は全てを吐き出した。

「美琴っ……！」

白濁したそれは、美琴の中に収まりきらないほどだった。

拓海はゆっくりとそれを引き抜くと、息を乱す美琴の頭をそっと撫でる。

ぐったりと横たわりながら呼吸を整えていた美琴は、温かくて優しい感触にたまらず涙が溢《あふ》れた。

「美琴……？」

拓海は息を呑む。

「大丈夫か、俺がまた何か――」

「……違うの。嬉しくて、つい」

いきなり泣いてごめんね、と美琴は指先で涙をぬぐう。ゆっくりと体を起こそうとすると、拓海はすぐにそれを支えてくれた。美琴は拓海の胸にそっと頭を乗せる。

「拓海と本当に結婚したんだって……本当に私を好きでいてくれたんだって思ったら、嬉しくて、泣いちゃった」

泣いてばかりでごめんね、と美琴ははにかむ。直後、きついほどの抱擁が美琴を包み込んだ。

「信じられないなら、何度でも言うよ。世界中の誰よりも、美琴が好きだ」

拓海はぎゅっと美琴を抱き寄せたまま続ける。

「……ありがとう、美琴。俺は……美琴に会って、初めて人を好きになる気持ちを知った。誰かを想う辛さも、悲しみも、嫉妬心も。美琴と出会わなければ、俺はそんな感情なんて何一つ知らない無味乾燥な人生を送っていたと思う。九条に対する復讐心や兄貴に対する劣等感を今でも抱えてたはずだ。でも……美琴が、それを変えてくれた。お前という存在が、俺の人生に色を与えてくれたんだ」

抱擁を解いた拓海は、そっと美琴を見下ろした。その綺麗な瞳に美琴は釘付けになる。

「愛してる」

最愛の人は、そう言った。

「誰よりも美琴のことを、愛してるよ」

こんなにも、情熱的な愛の告白があるだろうか。

美琴という存在そのものに感謝してくれるなんて。

そんな人、後にも先にもきっと、拓海以外ありえない。

「私も……拓海のこと、愛してる」

胸の底から湧き上がる喜びを声に、笑顔に変えて、美琴もまた同じ言葉を口にした。

「――大好きだよ、拓海」

エピローグ

「――できた」

十月のとある休日。美琴はリビングルームの一角で満足そうに頷いた。そこには、いくつもの写真立てが並べられている。美琴は最後にもう一度全体を確認した後、振り返った。

「どうかな、拓海？」

ソファから立ち上がった拓海は美琴の隣へと並ぶ。彼は写真立てを眺め、妻へ視線を移すと、柔らかな眼差しと共にふっと笑《え》みを浮かべた。

「うん。どの美琴も可愛く写ってる」

「そうじゃなくて……」

不意打ちの賛辞にぽっと顔を赤らめる。

拓海はその様子さえも愛おしくてたまらないとばかりに笑《え》みを深めた。

「悪い、ちゃんと答える。――いいんじゃないか？　こうして飾ってあると部屋の雰囲気が大分変わるな。……でも、驚いた。この写真、まだ持ってたんだな」

拓海の視線の先には、幼き日の美琴がいた。彼が初めて撮ってくれたあの写真だ。

「私の一番大切な写真だもの。私と拓海が初めて出会った時の、思い出の写真」

リビングに写真を飾ろうと思い立った時、真っ先に頭に浮かんだのがこれだった。

美琴の宝物でありお守りでもあるそれは、どこか無機質だったこの部屋に彩《いろどり》を与えてくれた。

互いの想いが通じ合った日から、数ヵ月。

拓海はすれ違っていた期間を埋めるように、言葉で、時に態度や体で美琴を甘やかし尽くした。

長年片想いだと思っていた美琴にとって、こんなにも嬉しい変化はない……が、時々それについていけない時がある。あまりの溺愛ぶりに、これは夢ではないのかと本気で錯覚してしまうくらいだ。

美琴が戸惑うたびに、彼は言った。

『欲しい物でもしてほしいことでも……俺にできることなら、何でもするから』

美琴にとって拓海以上に欲しいものはない。それでも許されるならば……と復職を願い出たところ、拓海は渋々ながらもＯＫしてくれた。しかも契約職員ではなく正職員としてフルタイムで勤務できることになったのだ。

おかげでこの十月から美琴は再び涼風学園で働いている。

つい先週には学園の運動会があった。

その最中、カメラマンとして生き生きとシャッターを切っていた拓海の姿は記憶に新しい。

社長の意外な一面に園長の百合子などは心底驚いていたようだが、後日現像した写真を渡した時は、その出来栄えに改めて驚きの表情を浮かべていた。

就学前の子供たちが元気いっぱいにお遊戯をする姿はたまらなく可愛くて、見ているこちらまで笑顔になれる。その運動会の写真は、リビングにも飾られていた。

そして、その隣に並ぶ一枚の写真。

そこには、涙を目に滲《にじ》ませながらも微笑む美琴と、一人の女性が写っている。

つい先日、拓海は「たまには外食しよう」と美琴を誘った。

連れていかれたのは、雰囲気のいい小料理屋。

名前は、食事処・琴《こと》。

自分と同じ名前を冠する店。

その暖簾《のれん》を潜《くぐ》った先にいたのは……十数年ぶりに会う、母・十和子《とわこ》だった。

重蔵は、十和子と美琴の接触を固く禁じている。

拓海はそれを知りながら、義祖父に背《そむ》いて十和子とコンタクトを取り、美琴に会わせてくれたのだ。

十和子は今、家族で小料理屋を営《いとな》んでいるのだという。

十数年ぶりに会う母は、記憶の中の姿よりは幾分《いくぶん》年を取っていたけれど、昔と変わらぬ優しい眼差しで美琴を見つめた。滂沱《ぼうだ》の涙を流しながら、潰れそうなくらい力強く抱きしめてくれた。

その温かさに、声に美琴もまた大粒の涙を流した。

力いっぱい母に抱擁を返し、「会いたかった」と何度も告げたのだ。

「私、拓海の写真はどれも好きだけど……この写真は、特別」

美琴は母と自分が写るそれを手に取り、頬を緩《ゆる》ませる。

「だって、もう一度ママに会えるなんて……こうして一緒に写真を撮れるなんて、思わなかったから」

ありがとう、と今一度感謝を伝える美琴を、拓海は後ろからそっと抱き寄せる。

「これからはいつでも撮れる。会いたい時に会って、そのたびに俺が形に残すから。十和子さんも言ってただろ？『いつでも顔を見せに来て』って」

「うん……ありがとう、拓海」

「大丈夫だ。ジジ――重蔵様も、いつかは分かってくれるから」

一応気を使ってか、重蔵様、と言い直す夫がおかしくて美琴はくすりと笑った。

美琴の職場復帰と母親との再会に、当然のごとく重蔵は怒った。

しかし、祖父の厳しい叱責に一人怯《おび》える孫娘は、もうどこにもいない。

今の美琴は一人じゃない。拓海がいる。

怒気を露《あらわ》にする祖父に、美琴は初めて真正面から向き合い、誓ったのだ。

不出来な自分は、今まで何度も重蔵を失望させてきたのだろう。でもこれからは拓海の妻として、一人の女性として、自分にできることを最大限頑張りたいのだ、と。

一歩も引かない孫娘に、重蔵が何を思ったのかは分からない。しかし彼は言ったのだ。

『……呆れて物も言えん。もういい、そこまで言うならお前なりの夫婦の形とやらを作ってみればいい。だがこれだけは言っておく。会社のためにならんことは許さん。失望は、させるなよ』

それが、祖父なりの最大限の譲歩だったのだろう。

あの日以来、今まで以上に拓海は多忙になった。

美琴は自《みずか》ら学園で働く一方、そんな夫を支えている。

今までも。

そしてこれからも、ずっと。

「――あ、これ」

拓海は不意に一つの写真立てを手に取ると、複雑そうな顔をした。

「……兄貴の写真も飾るのか？」

拓海の言う通り、その写真には貴文が写っている。正しくは、貴文と藍子のツーショットだ。

「二人ともすごくいい笑顔だから飾ったんだけど、ダメかな？」

「ダメ、とは言わないけど。お前が兄貴の写真を選んだかと思うと、なんだか複雑で」

もちろん気持ちを疑ったりはしないけど、と拓海は付け足すのを忘れない。

美琴は、夫の思わぬ発言に呆気に取られた後――口元を綻《ほころ》ばせた。

「……おい」

「だって……可愛い嫉妬だなと思って。笑うつもりはなかったの、ごめんね」

これまでの拓海を思うとあまりに可愛らしく平和な嫉妬に、口元が緩《ゆる》むのを抑えられない。拓海はそんな妻をじろりと見るが、すぐに彼もまた小さく苦笑する。

「もう十年以上、嫉妬してきた相手なんだ。今は美琴の気持ちを知ってるけど……すぐに気持ちを切り替えるのは難しいよ」

あの後、拓海と貴文は二人きりで会ったらしい。

貴文は駆け落ちをしたこと、結果的に全てを拓海に押し付けたことを謝罪し、できる限りの贖罪《しょくざい》はするつもりだ――そう言っていたと、美琴は夫から伝え聞いた。それを拓海が断った、ということも。

貴文と藍子は現在、ある国の片田舎《かたいなか》でひっそりと暮らしているのだという。

日本にいた時の華やかで多忙な生活とは、まるで正反対の田舎暮らし。しかし意外にも貴文の肌に合っていたらしく、雄大な山々を背景に微笑む貴文の表情は満ち足りていた。隣にいる藍子も、また。

「――不思議だな」

ぽつり、と拓海は呟《つぶや》いた。

「駆け落ちの話を聞いた時からずっと、俺は兄貴を殴ってやりたくてたまらなかった。でも実際に会って謝るあの人を見て、そんな気にならなかったんだ」

「それは……貴文さんのことが好きだから？」

悩んだ後、拓海は「分からない」と静かに答える。

「俺が羨《うらや》む全てを持ってるあの人が妬《ねた》ましかったのは確かだ。でも同じくらい感謝もしてる。兄貴は九条に引き取られた俺を唯一受け入れてくれた、優しい人だから。それに、憧《あこが》れる気持ちもあったしな」

拓海は続ける。

「兄貴がいたから、俺は一度美琴を諦めた。でも兄貴が駆け落ちをしたから、こうして美琴と結婚することができたんだから」

恋敵《こいがたき》で恩人だなんて複雑だよ、と苦笑する。

再会してからの拓海は、貴文の名前を出すたびに苛烈な表情を浮かべていた。しかし今、兄夫妻の写る写真を持つ彼の横顔は穏やかだ。

「貴文さんも同じことを言ってたよ」

『僕の知る弟は、一見冷たそうだけど本当はとても優しい男だから』

美琴は、貴文の言葉をそのまま伝える。すると拓海は目を瞠《みは》った後、「そうか」と少しだけ照れ臭そうに笑った。その表情に、美琴は思う。

（いつか）

九条も何も関係ない、二人がごく普通の兄弟として会える日が来たらいいな、と。

今の様子を見ると、それはそう遠くない日のように思えた。

「美琴」

真剣な声音で呼び、拓海は美琴を体ごと振り向かせた。

彼は穏やかな眼差しで妻を見つめると、宝物に触れるように美琴の頬に手を這わせる。

「これから沢山想い出を作っていこう。二人で、一緒に」

美琴もまた、彼の手に自《みず》らの手を重ねる。

「うん」

そして、心からの感謝の気持ちを伝えた。

「拓海。私の家族になってくれて……私と出会ってくれて、ありがとう」

沢山すれ違って、傷つけ合った。

何度も涙を流して、一度は出会ったことを後悔したこともある。

これから先の長い人生、喧嘩《けんか》をすることも、時にすれ違うこともあるかもしれない。

それでも、重ねたこの手のひらを手放す日は、きっと来ない。

「幸せになろうね」

喜びと感謝と。

溢《あふ》れる気持ちを込めて、美琴は愛する夫に唇を重ねたのだった。

父親の経営する会社が倒産し、極貧となった元お嬢様の凛《りん》は、苦労の末、大企業の秘書課へ就職する。ところがそこの新社長は、なんと、かつての使用人で初恋相手でもある葉月《はづき》だった！　複雑な気持ちのまま、彼の傍で働くことになった凛。その上、ひょんなことから彼専属の使用人として同居することに！　昔の立場が逆転…のはずが、彼の態度はまるで、恋人に向けるような甘いもので……!?

B6判　定価：704円（10%税込）　ISBN 978-4-434-25352-2

エタニティ人気の12作品
アニメ好評配信中!
ALPHAPOLIS アルファポリス
Eternity
エタニティ
深夜の濡恋ちゃんねる
NUREKOI
Sweet Love Story
エタニティ公式サイトにて
通常版 デラックス♥版
配信中です!
アニメ公式サイト：https://eternity-nurechan.com/
アニメ公式ツイッター：@Eternity_Anime
2021年1月〜
DVD & Blu-ray
順次発売予定
©エタニティブックス原作者・アルファポリス
エタニティ濡れちゃん♡製作委員会

この作品に対する皆様のご意見・ご感想をお待ちしております。
おハガキ・お手紙は以下の宛先にお送りください。

【宛先】
〒150-6008 東京都渋谷区恵比寿 4-20-3 恵比寿ｶﾞｰﾃﾞﾝﾌﾟﾚｲｽﾀﾜｰ 8F
（株）アルファポリス　書籍感想係

メールフォームでのご意見・ご感想は右のＱＲコードから、
あるいは以下のワードで検索をかけてください。

アルファポリス　書籍の感想　検索

ご感想はこちらから

愛執婚《あいしゅうこん》～内気《うちき》な令嬢《れいじょう》は身《み》代《が》わりの夫《おっと》に恋《こい》をする～

結祈みのり（ゆうき みのり）

2021年 4月 25日初版発行

編集－羽藤瞳・倉持真理
編集長－塙綾子
発行者－梶本雄介
発行所－株式会社アルファポリス
〒150-6008 東京都渋谷区恵比寿4-20-3 恵比寿ｶﾞｰﾃﾞﾝﾌﾟﾚｲｽﾀﾜｰ8F
TEL 03-6277-1601（営業） 03-6277-1602（編集）
URL https://www.alphapolis.co.jp/
発売元－株式会社星雲社（共同出版社・流通責任出版社）
〒112-0005 東京都文京区水道1-3-30
TEL 03-3868-3275
装丁イラスト－白崎小夜
装丁デザイン－ansyyqdesign
印刷－中央精版印刷株式会社

価格はカバーに表示されてあります。
落丁乱丁の場合はアルファポリスまでご連絡ください。
送料は小社負担でお取り替えします。

ISBN978-4-434-28771-8 C0093